実力を発揮する機会すら
与えてもらえず、
救世主パーティーを
追放されたアルヴィン。
アルヴィン
稀少な魔剣の使い手だが、
救世主パーティーでは
商人扱いをされていた主人公。
前世は営業マンであり、
商人としての才能にも優れる。
ここから、
アルヴィンの
新しい生活が
始まる！
使用を禁じられていた
魔剣は解放され、商人として
得た人々からの信頼が
アルヴィンの新たな力になる！
追放された
魔剣使いの商人は
マイペースに成り上がる
前世で培った
《営業スキル》で、
仲間と理想の
お店を始めます。

シェルニ
ダンジョンで出会った
不思議な少女。
魔法の才能に優れる。
「私……アルヴィン様と
一緒にいたいです！」
商人として築き上げてきた絆、新しい仲間。
アルヴィンは、多くの人々に囲まれた
新しい日々を送る――。
本当の仲間との出会い

ザイケル
リサのお父さんで、
ダビンクの街にある
ギルドのギルドマスター。
リサ
救世主パーティー時代から
アルヴィンを知る、
ギルドの気さくな受付嬢。

「また新しいクエストですの？
ではわたくしも同行しましょう」
何故か救世主の婚約者まで合流して、
お店の仕入れにみんなで冒険へ！
フラヴィア
有力貴族の子女で、
救世主の婚約者候補……
だったはずが、
アルヴィンに興味津々。
救世主の婚約者、
あらわれる⁉

追放された
魔剣使いの商人は
マイペースに成り上がる
前世で培った《営業スキル》で、仲間と理想のお店を始めます。
鈴木竜一
illust. 匈歌ハトリ

本文・口絵イラスト：匈歌ハトリ
デザイン：AFTERGLOW

CONTENTS

THE EXILED SWORDSMAN
MERCHANT GROWS UP
AT HIS OWN PACE

プロローグ

THE EXILED SWORDSMAN MERCHANT GROWS UP AT HIS OWN PACE

気がつくと、日付が変わっていた。

誰《だれ》もいない家に帰り、コンビニで買ってきた弁当に手をつける。

いつから、俺《おれ》の人生は狂《くる》い始めたのか。

大学を卒業し、地元の中小企業《ちゅうしょうきぎょう》に就職した。

たぶん、そこまではいい。

問題なのは、社会人生活というのが俺の想像していたものとは大きくかけ離《はな》れたものだったってことだ。

得意先や上司からのネチネチとした嫌味《いやみ》をスルーしながら、淡々《たんたん》と仕事をこなしていく。朝早くから夜遅《よるおそ》くまで、時には会社に泊《と》まり込《こ》み、土日や祝日も出社して、黙々《もくもく》と仕事をこなしてきた。

業種としては営業になるが、小さな会社ではよくある「何でも屋」のポジション。製品に不備があれば、現場まで軽トラックを運転していき、回収して工場へ運ぶ。

そんな生活を繰《く》り返しているうちに、もう四十手前という年齢《ねんれい》になっていた。

髪《かみ》や髭《ひげ》には白い毛が混じるようになり、運動不足の結晶《けっしょう》ともいえるポコンと飛び出したお腹《なか》が独身中年男の悲哀《ひあい》を感じさせる。これといった趣味《しゅみ》や特技もなく、友人関係も希薄《きはく》であり、恋人《こいびと》なんて当然いない。やることといったらソシャゲかアニメ・マンガ鑑賞《かんしょう》、あとはたまにいく低貸——一円パチンコや五円パチスロくらいか。

ハリもツヤもない人生。

一体、俺は誰のために、何のために働いているのか。

結婚《けっこん》して、子どもが生まれて、家を建てる。

そんな、漠然《ばくぜん》とした「大人の姿」を思い描《えが》いていたが、現実は厳しい。正直、何も達成できないまま、老いていくのだろうという変な確信があった。

もし——もし、やり直せるというなら、俺は自分の人生をやり直したい。

もっとハツラツとして、輝《かがや》いていて、生きているってことを実感できる充実《じゅうじつ》した日々を送るために。

最近の俺はいつも寝《ね》る前にこんなことを思うようになっていた。頭の中で、過去にいくつかあった選択肢《せんたくし》を迫《せま》られる瞬間《しゅんかん》にそれを思い出し、最良の答えを導き出した「もしも」の世界に浸《ひた》る。

それは、睡魔《すいま》に完敗して夢の世界へ旅立つまで、毎晩繰り返し行われていた。

◇　◇　◇

「おい、アルヴィン、大丈夫《だいじょうぶ》か？　顔色がよくねぇぞ」

不意に声をかけられ、閉じていた目を開ける。

「……ここは？」

「おいおい、本当に大丈夫かよ……」

見知らぬ男が俺の顔を覗《のぞ》き込む。

青髪に薄茶色《うすちゃいろ》の瞳《ひとみ》……外国人か？

状況《じょうきょう》がまったく理解できないので、俺は周囲を見回してみた。

そこは岩肌《いわはだ》に囲まれた薄暗《うすぐら》い空間で、なんだかジメジメしている。どうやら洞窟《どうくつ》の中らしい。

「さっきの戦闘《せんとう》の疲《つか》れが出たか？　もしかして、怪我《けが》でもしたか？」

「……大丈夫だ、グラント。何も問題はない。攻略《こうりゃく》難度の高いダンジョンに潜《もぐ》っているせいで緊張《きんちょう》していたらしい」

俺はそう答える。

――って、どうして俺はこの外国人の名前を知っているんだ？　というか、言葉が通じる時点でなんかおかしいだろ。それにアルヴィンって……俺のことか？　て、待てよ。今この人、ダンジョンって……？

直後、霧《きり》がかかっていた意識と記憶《きおく》が覚醒《かくせい》し、俺はすべてを思い出す。

「！　そうだ……俺は……」

「うん？　どうした？　やっぱりどこか傷《いた》めたか？」

「い、いや、違《ちが》う。今のは独り言だ」

思わず声に出てしまい、それをグラントに聞かれたようだが、俺は何事もなかったと誤魔化《ごまか》してダンジョンを進む。

その道中で、俺は記憶の整理を行っていった。

結論からいうと、俺は異世界に住むアルヴィンという青年に転生していた。

手持ちのリュックにあった鏡に映し出されたのは、茶色い髪に翡翠《ひすい》色の瞳。その見た目から、年齢は二十代前半ってところか。無気力だった以前とはまるで違い、精悍《せいかん》な顔つきで、体もよく絞《しぼ》れている。こんなにスッキリしたお腹を見るのはいつ以来だろうか。どれだけ歩いても息切れしないし、疲労《ひろう》も感じにくい。これは相当鍛《きた》え上げられているな。

外見をチェックし終えると、次はこちらでの生活ぶりを思い出してみた。

まず、俺は世界を救う救世主パーティーの一員として旅に同行している。

今は討伐《とうばつ》任務を請《う》け負って、凶暴《きょうぼう》なトロールの群れが棲《す》みついて冒険者《ぼうけんしゃ》を襲《おそ》っているというダンジョンに潜っていた。

ダンジョンにモンスターが出るのは至極《しごく》当然の話だが、どうもここらで暴れ回っているトロールたちは相当厄介《やっかい》な連中らしく、すでに多くの冒険者が被害《ひがい》に遭《あ》い、この一帯から離れる者が後を絶たなかった。

冒険者がいなくなれば、最寄りの町は収入激減。

宿屋や武器屋、それにクエストを発注するギルドも深刻な影響《えいきょう》を受け、もはや町の経済状況は崖《がけ》っぷちにまで追いやられていた。

そこで、救世主パーティーは町長からトロールたちの討伐を依頼《いらい》されたのだ。

グラントはここまで案内してくれた地元の冒険者で、今はふたりでトロールの動向を調査しに先行している最中だ。

「早いとこ進もうぜ。あんまり救世主様を待たすと、後が怖《こわ》いからな」

「……ああ、そうだな」

静かに同意して、俺とグラントは進んでいく。

すべては、パーティーのリーダーである救世主のために。

第一章 魔《ま》剣《けん》使いの商人、追放される

THE EXILED SWORDSMAN MERCHANT GROWS UP AT HIS OWN PACE

グラントと調査を終えた俺《おれ》は、彼《かれ》と一旦《いったん》別れ、仲間たちが待っている宿屋へと戻《もど》って来た。

一泊《ぱく》するだけでそれなりの武器と防具が一式揃《そろ》う額の高級宿屋にある一室。

「報告を聞こうか」

大きなイスに腰《こし》かけ、足を組み、尊大な態度でそう言ったのが、聖剣《せいけん》に選ばれし救世主のガナードであった。

「例のダンジョンだが、トラップ自体が少ない反面、出現するモンスターの種類に――」

「そういうのはいいんだよ！　今の俺たちにやれるかやれないのか、それだけを簡潔に言え！」

ガナードは紺色《こんいろ》の髪《かみ》をガシガシとかきながら乱暴に言い放つ。

最近、ずっとガナードはこんな調子だ。

俺と会話を始めると、途端《とたん》に不機嫌《ふきげん》になる。

「……十分に攻略《こうりゃく》可能だ。けど――」

「それだけ聞ければいい！　フェリオはいないが、俺とタイタスがいれば十分だろう？　さっさとあいつを呼んで来い！　すぐにダンジョンへ向かうぞ！」

「ちょ、ちょっと待ってくれ！　まだ注意事項《じこう》がいくつか残っているんだ！」

「うるせぇ！　いちいち指図すんじゃねぇよ！　おまえはただ黙《だま》ってダンジョンの調査だけしていればいいんだ！」

俺の説明をろくに聞かず、ガナードは部屋を出ていった。

他の仲間への連絡《れんらく》や武器やアイテムの調達……それら全部俺がやれってことか。まあ、いつものことだけど。

「さて……行くか」

重い腰を上げて、俺は残りの仲間ふたりを集めるために宿屋を出た。

◇　◇　◇

薄暗《うすぐら》いダンジョンの中に、金属同士がぶつかり合う鈍《にぶ》い音が響《ひび》き渡《わた》る。

「ぐっ⁉」

斧《おの》を手にしたトロールの強烈《きょうれつ》なパワーに押《お》され、俺はたまらず後退した。

「はあ、はあ、はあ……」

呼吸を整えようとするが、追いつかない。

俺が弱っていると判断したトロールは、攻撃《こうげき》を緩《ゆる》めず、力任せに襲《おそ》ってくる。ただパワーに頼《たよ》る戦いではなく、このトロールはスピードも速かった。事前に冒険者《ぼうけんしゃ》ギルドで知り合ったグラントから得た情報通り……さすが、攻略難度が高いことで有名なダンジョンに生息するモンスターだけのことはある。

ビュッ！

斧が空を切る音が、すぐ近くから聞こえる。

紙一重でかわしながら、俺はチャンスを待った。

苦戦こそしているが、こいつを倒《たお》すことはできる。

でも、ただ倒すだけじゃダメだ。

グラントから得た情報によると、迂闊《うかつ》にこいつを倒せばさらに厄介《やつかい》な事態を招くことになる。

そのグラントともはぐれてしまった……まさに絶体絶命の状況《じようきよう》だ。

「……このまま殺《や》られてたまるか！」

せめて、愛用の武器が使えれば、こんなヤツら相手にここまで苦戦などしないのに……。

「どけぇ、アルヴィン！」

突然《とつぜん》、肩《かた》を掴《つか》まれ、強引《ごういん》に押しのけられる。

後ろからやってきたのはパーティーのリーダーである【救世主】ガナードだった。

「おらっ！」

ガナードが振《ふ》るうのは神から託《たく》された聖剣。

その強烈な一撃《いちげき》で、トロールはもう虫の息だ。

「！　ダメだ！　ガナード！」

「おまえは黙ってな！　こんな雑魚《ざこ》、すぐに片づけてやる！」

ガナードの悪い癖《くせ》が出ている。

自分の力を――いや、聖剣の力を過信するあまり、ただ闇雲《やみくも》に突《つ》っ込《こ》んで力任せに相手をねじ伏《ふ》せるという無謀《むぼう》な戦い方だ。

「タイタス！　援護《えんご》しろ！」

「おう！」

ガナードと共に合流した仲間のタイタスが追撃《ついげき》。

聖拳士《けんし》である彼は格闘《かくとう》戦を得意としている。そのパワーはトロールをも凌駕《りょうが》し、戦況《せんきょう》はあっという間にタイタス優勢となった。

「今だ、ガナード！」

「おうよ！」

最後はガナードがトドメの一撃を食らわせて、トロールは見事撃破《げきは》された。

「へっ、雑魚が」

「これでとりあえず目標達成だな」

「おう！」

ガナードとタイタスはハイタッチで勝利を祝う。

だが、次の瞬間《しゅんかん》、凄《すさ》まじい地鳴りが轟《とどろ》いた。

「な、なんだ⁉」

恐《おそ》れていた事態だ。

俺はたまらず力いっぱい叫《さけ》ぶ。

「そいつの仲間だ！　ここのトロールは、一匹《ぴき》倒すと仲間の敵《かたき》を討《う》つために集団で襲いかかってくる習性があるんだ！」

それは、俺が事前に仕入れた情報だった。

もちろん、このことはダンジョンに入る前から口酸っぱくガナードに伝えていた。

だが、ガナードは聞く耳を持たなかった。聖剣の力を過信するあまり、何も考えずに突っ込んでいった結果がこれだ。

「どうする、ガナード。さすがにあの数を相手にするのは……」

「ちっ！　分かってる！　撤退《てったい》するぞ！」

吐《は》き捨てるように言って、ガナードとタイタスはそそくさと逃《に》げだす。

はぐれたグラントの身を案じつつも、このままではトロールの群れに押しつぶされると判断した俺は、下唇《したくちびる》を噛《か》みしめながらもダンジョンの出口へ向かって走りだした。

救世主パーティーとしては久しぶりとなる敗走だった。

◇　◇　◇

なんとか宿屋に戻った俺は、早速《さっそく》ガナードの部屋に呼びだされた。

そこにはタイタスの他に、今回は別行動をとっていた女魔導士《まどうし》のフェリオもいた。

「来たか、アルヴィン」

軽装に着替《きが》え、ベッドに腰を下ろしていたガナードはゆっくりと立ち上がると、静かに話し始めた。

「なぜ呼ばれたのか……薄々勘《うすうすかん》づいているんだろ？」

「……さあ？」

「なら、単刀直入に言うが……おまえ、パーティーを抜《ぬ》けろ」

とぼけてはみたが、やっぱりそうだったか。

まあ、ガナードの言う通り、そうなるんじゃないかとは予想していた。だから、いつ言われてもいいように心の準備はしていたつもりだったのだが……やっぱり、面と向かって言われるとなかなかキツイな。

「……俺の代わりに、もう目星はつけているのか？」

「はあ？　代わりって……おまえ、自分の立場分かってんのか？」

ガナードは目を鋭《するど》く細め、呆《あき》れたように言う。

「これまでおまえがせこせこやっていた商人としての仕事の数々は、もうする必要が一切《いっさい》ねぇんだよ。そうだろう？」

「それは……」

俺は言い返せない。

だって、それは商人として働いている俺からすると、日々痛いほど感じていたことだから。

「武器もアイテムも宿も、俺たちが救世主のパーティーだと言えば、誰《だれ》もが喜んで無償《むしよう》提供してくれる。商人なんんか、もういらねぇんだよ」

そう。

モンスターを倒し続ける救世主の噂《うわさ》は、今や世界中に広まっている。人々は救世主であるガナードたちに感謝し、諸々《もろもろ》の費用について「お代はいりません」と金銭を受け取らなくなっていた。つまり、商人として交渉《こうしよう》する機会は激減していたのだ。

それだけに限らず、たとえ宿屋が満室であっても、もとからいた客を救世主の来店だからと追い出して部屋を用意したり、他の客に譲渡《じようと》する予定だった武器を救世主だからと先に渡したりと、とにかく、いかなる事態においても俺たちのパーティーは優先され続けていた。

いつしかガナードは、その状況が当たり前だと思うようになっていったのだ。

だから、最近の俺は商人としての職務をなかなか果たせずにいた。

やることといったら、今日みたいにダンジョンでモンスターの体力を削《けず》ったり、荷物持ちをしたりと、すっかりパーティーの雑用に成り下がっていたのだ。

この感覚は、前世の俺と被《かぶ》る部分がある。

どうしてこんな仕事をしているのだろう。

これが俺の望んだ未来なのだろうか。

日々そんなことを思いながら、過ごしていた。

不思議と、この世界でも似たようなことを考えている。

このまま救世主パーティーに身を置いて大丈夫《だいじょうぶ》なのだろうか、と。

「商人としても戦闘《せんとう》要員としても役に立たねぇおまえはもう用無しなんだよ！　今日の戦闘だってそうだ！　おまえがもう少し戦力になっていたら、トロールたちを倒せていたんだ！　全部おまえのせいだ！」

「！　待ってくれ！　戦闘ならできる！」

商人としての役目を果たしきれていないという点については同意できる部分もある。

だが、戦闘については言い分があった。

「今日の戦闘についてなら、俺に魔剣さえ使わせてくれていたら――」

「おまえの魔剣なんざ、見たくもねぇんだよ！」

俺の主張は、ガナードの叫びにかき消された。

「俺たち救世主のパーティーに、魔王が作ったとされる魔剣を使う男がいるなんて知れたらどうするつもりだ？」

「そ、それは……」

「何度も言わせるな。ったく、この国で名が通った聖騎士《きし》であるおまえの師匠《ししょう》が是非《ぜひ》にと薦《すす》めるから雇《やと》ったが……こうも役立たずじゃ、このパーティーをお払《はら》い箱になってもしょうがねぇよな。おまえらはどう思う？」

「ガナードの言う通りだ」

「一言一句違《たが》わずに同意するわ」

タイタスとフェリオも賛同するってわけか……。

俺は何も言い返せなかった。

魔剣。

ガナードが言った通り、俺は剣士だが、愛用しているのは魔王が作ったとされる、全部で七つある剣のうちのひとつ。

だけど、俺はこいつを使いこなすため、師匠に拾われてからずっと修行《しゅぎょう》に励《はげ》んでいた。

この力が、いつかたくさんの人を助けるから、と。

『聖剣に選ばれし勇者の助けになりなさい』

それが、師匠の口癖《くちぐせ》だった。

俺も、自分の力で誰かを守れるならば、この魔剣を極《きわ》めて力を振るおうと努力を重ねてきた。その成果もあって、今は完璧《かんぺき》に制御《せいぎょ》できるし、使いこなせる。

だけどガナードは、俺に魔剣を使うことを禁じた。

理由はさっき本人が述べた通り、「魔王を倒そうとしている救世主のパーティーに、魔王の作った武器を使うヤツは相応《ふさわ》しくない」というものだ。

だからガナードは俺に、本来の専門職である剣士ではなく、商人としてこのパーティーに帯同するよう命じた。

剣士に戻りたければ、普通《ふつう》の剣で貢献《こうけん》しろと言われたが、ガナードから与《あた》えられる武器は、とてもじゃないが高レベルのモンスターには通じない安物ばかり。その結果が、今日の俺の戦果に表れている。

それでも、俺はパーティーのために尽力《じんりょく》してきた。

冒険《ぼうけん》に必要な武器やアイテムを安価で手に入れるための交渉。それと、その日に泊《と》まる宿屋の手配。……あと、ガナードが調べておけと言った、娼館《しょうかん》のチェックまで。

さらに、ギルドなどからさまざまな情報をかき集め、それをもとに作戦を練りあげるのも俺の仕事だった。高難易度のモンスターが相手の討伐《とうばつ》クエストもクリアできた。難関といわれるダンジョンも次々と攻略していき、目覚ましい活躍《かつやく》ぶりで世間から注目を集め続けた。

聖剣を持つ救世主パーティーは、すぐさま世界中で有名となった。

だが、それに合わせて少しずつ不安の芽は出ていた。

第一は、リーダーであるガナードの素行だ。

さっきも言った通り、娼館へ通ったり、町で見かけた美人に声をかけたり、とにかく女性に対する執着《しゅうちゃく》が凄《すご》かった。何より厄介なのは、ガナードが狙《ねら》う女性のタイプ。彼は必ずと言っていいほど、恋人《こいびと》や夫がいる女性しか狙わなかった。

自身の地位や強さで強引に女性を奪《うば》い、奪ったら奪ったで、すぐに興味を失い、別の女性に声をかける。

それはだんだん目に余るほど酷《ひど》くなっていった。

タイタスやフェリオもそれに気づいてはいるが、止める気配はない。というのも、ふたりも似たようなことをしていたからだ。

ガナードのような、異性絡《がら》みというわけじゃなく、タイタスは腕《うで》っぷしの強さを見せつけるために町で少し名の通ったヤツに難癖《なんくせ》をつけては暴力沙汰《ざた》を起こし、フェリオは高価な服やアクセサリーなどをツケで購入《こうにゅう》。もちろん、お代は永久に払わない。どちらも厄介な問題行動だった。

それでも、危険なモンスターを討伐してくれる存在とあって、人々は彼らのそうした言動を黙殺《もくさつ》していたのである。

神に選ばれたと言われる救世主パーティーと言われているが……正直、そういった言動を間近で見続けている俺は、到底《とうてい》そうは思えなかった。

「いつまでそこに突っ立っている気だ？」

「ホント、未練たらしいわね。あんたも男なら、スパッと腹をくくりなさいよ」

「…………」

地を這《は》う死にかけの虫を見るような目で、タイタスとフェリオはそう言った。

まあ、はなから期待なんてしていないけどな。

「そういうわけだ。ほれ、さっさと出ていってくれ」

「し、しかし……」

「ああ、そうだな。ほら」

俺が立ち尽《つ》くしていると、ガナードはポケットから小さな袋《ふくろ》を取り出してそれを目の前のテーブルへ雑に放《ほう》り投げた。「ガチャン」という音から、恐らくお金だろう。

「これだけあれば、今から別の宿を手配できるだろ。それから、簡単な装備くらいは揃えられるんじゃないか？」

「っ⁉」

立ち尽くしていたのは、自分から金をせびるためと思われていることにカチンときたが、逆にこれが今のガナードから見た俺の姿なのかと思うと、急に熱が引いていくような感覚になった。

パーティーに必要とされていない。

それがハッキリと分かった。

だったら、これ以上ここにとどまる理由はない。

「どうした？　これじゃ足りないか？」

「……金は要《い》らない。じゃあな。魔王討伐、頑張《がんば》れよ」

「いわれなくても世界を救ってやるさ」

自信に溢《あふ》れたガナードの表情。

心の底から、「誰にも負けるわけがない」と信じきっている。

聖剣に選ばれる前から、ガナードは完璧な人間だったらしい。勉強はできるし、身体能力は常人を遥《はる》かに凌駕する。まさに聖剣に選ばれるべくして生まれてきたような存在だった。

きっと、俺ひとりが抜けたところで、ガナードには痛くも痒《かゆ》くもないのだろう。だったら、お望み通り、俺は消えることにしよう。

「じゃあな」

それだけ言い残し、俺はその場を足早に去った。

もはや、一分一秒たりとも、そのニヤついたツラを見ていたくない。

踵《きびす》を返し、足早に部屋を出ると、そのまま宿屋の外へ。

満天の星空の下、俺はひとつため息を漏《も》らす。

「はあ……これからどうしようか」

とりあえず、今日は野宿になりそうだな。

◇◇◇

まぶたに突き刺《さ》さる陽光の眩《まぶ》しさが、朝を伝えてくれた。

ゆっくり目を開けると眼前に広がるのは広大な畑と点在するいくつかの風車という光景。牧歌的な空気が漂《ただよ》う場所だった。

「ふあぁ～……」

パーティーを追い出された俺は夜の間ずっと歩き続け、たどり着いた小さな村のベンチをベッド代わりにして就寝《しゅうしん》していた。

不幸中の幸いと言っていいのか、ほぼ手ぶらでの離脱《りだつ》だったため、寝《ね》ている間も物取りに狙われることはなく、安全に一夜を過ごすことができた。

「さて、と……」

意識が半覚醒《かくせい》状態のまま、ゆっくりと立ち上がる。

それから、近くを流れる小川で顔を洗い、サッパリしたところで今後のことを考える。

果たして、どうやって生計を立てていくのか……。

しかし、そんな大事な考えも、「ぐぅ～」という腹の虫の鳴き声によってかき消された。

「しまったなぁ……せめて、朝飯用のパンくらい持ってくればよかった」

あの時はガナードに対する怒《いか》りで、突発《とっぱつ》的な行動を取ってしまったこともあって、目についた物を適当に詰《つ》め込んできたからなぁ。まあ、だからといって、食糧《しょくりょう》欲しさに今さら町へ戻る気はないけど。

ともかく、今は生きるために、食糧を手に入れる方法を考えないといけない。もちろん、合法的なやり方で。

しかし、そんな妙案《みょうあん》がすぐに浮《う》かぶはずもなく、途方《とほう》に暮れていると、目の前を馬車が通過していった。

何気なく、その馬車の進路を目で追っていると、村長宅と思われるひと際大きな屋敷《やしき》の前で停止する。しばらくすると、荷台から髭《ひげ》を蓄《たくわ》えた恰幅《かっぷく》の良い中年男性が降りてきた。

俺はその人に見覚えがあった。

「あれ？　キースさん⁉」

「ん？　おおっ！　アルヴィンくんじゃないか！」

天の助けだ、と思った俺はキースさんへ駆《か》け寄った。

キースさんとは、以前、救世主パーティーとしてスタートした直後にとある商会で偶然《ぐうぜん》出会い、俺の境遇《きょうぐう》を知ってからはいろいろとアドバイスをくれたり、格安で貴重なアイテムを売ってくれたりした、まさに恩人だった。

商人になれと言われた日から、俺は勉強に明け暮れた。

しかし、本から得た知識だけではうまく立ち回れない。

剣術《けんじゅつ》や魔法《まほう》と同じで、こうしたことは実戦を積み、経験値を得て成長していくものだと教えてくれたのがキースさんだった。

おかげで、各地の商会や冒険者ギルドに多くの伝手《つて》ができた。剣の師が元聖騎士であるロッドさんなら、交渉術の師はこのキースさんってところかな。

そういう経緯《けいい》もあって、俺はキースさんと再会できたことが本当に嬉《うれ》しかった。追い出された件を抜きにしても、いつかもう一度会って、きちんとお礼をしたいと考えていたからだ。

「君がここにいるということは……他の救世主パーティーのメンバーもこの村に？」

「いえ、違います」

「そうか……」

うん？

心なしかキースさん……ホッとしたような？

「あの、キースさん？」

「む？　お、おお、すまない。最近、彼らのいい噂を聞かないのでな。ああ、もちろん、君は別だよ」

どうやら、あいつらの悪評は順調に広まっているようだ。

「……あまり派手に暴れすぎると、そのうち、救世主だからって優遇《ゆうぐう》してもらえなくなるんじゃないか？　その辺のこと、考えては——いないだろうな。

「しかし、救世主絡みでないとするなら、君はここへ何しに？　君が単独で動くというと……新しいダンジョンの偵察《ていさつ》かい？」

「……それなんですけど……」

俺はこの町に流れ着くまでの経緯を、キースさんに説明した。

すると、キースさんは俺の肩にポンと手を置き、優《やさ》しい口調で話し始めた。

「そうだったのか。仲間たちからの心ない言葉の数々……さぞ辛かったろう」

「キースさん……」

目に涙《なみだ》を浮かべたキースさんは、本気で俺を心配してくれているようだった。

「しかし、魔剣使いとしての技量も高い上に、裏方の仕事をすべてこなしていた君を辞めさせるとは……それで円滑《えんかつ》に物事が進むとは思えん」

「でも、ガナードが言った通り、今や救世主として名前が通っていることもあって、どの店も代金を受け取ろうとしなかったんです」

こうなっては、商人としての役割を果たせない。おまけに魔剣の使用を封《ふう》じられているため、満足に戦えない。こうなると、ただの役立たずでしかない。それなら新しい戦闘要員でも雇った方がマシというのが、ガナードの出した結論なのだろう。

「ふむぅ……」

腕を組み、何やら悩《なや》んでいる様子のキースさん。

その時、遠くから声が。

「キースさん、こっちの積み荷はどこへ運びますか？」

御者《ぎょしゃ》をしていた若者が、大きな声で尋《たず》ねる。

「おっと、すまない。ちょっと待っていてくれ。すぐ行くから」

「あ、す、すみません、お仕事中に……俺はこれで失礼します」

これ以上、キースさんの仕事の邪魔《じゃま》をするわけにはいかない。

その場を立ち去ろうとしたが、そんな俺をキースさんが呼び止める。

「いや、それは別に気にしなくて……なあ、ちょっと手伝ってくれないか？」

「えっ？」

「荷物が多くてなぁ、少しでも人手があった方が早く済むし。もちろん、働いた分の賃金は支払《しはら》うよ」

「！」

そうか。

それをこれからの資金として使えってことか。

何もないまま金を渡したのでは、俺の性格からしたら受け取らないと思ったのだろう。だから仕事を与え、その賃金として渡すという口実を持たせたのだ――と、俺は解釈《かいしゃく》し、キースさんの仕事を手伝うことにした。一応、エネルギー補給という名目で、パンをひとついただいてから仕事に取りかかる。

ちなみに、キースさんは定期的にこの村へ物資を運んでいるそうで、村人たちが出し合ったお金の分だけ、さまざまな生活必需品《ひつじゅひん》を置いていくらしい。ただ、その価格はどれも市場価格に比べて驚《おどろ》くほど格安だった。

「この村は都市部からも離《はな》れた辺境だろ？　若者も少ないし、お年寄りだけでは遠くの町まで買い物にいくのは危険が伴《ともな》う。さらに、体力の低下から、仕事量も減ってしまうため収入も少ない。だからこそ、私たちのような存在が必要になってくるんだ」

そう言いながら、同行していた若い衆たちに混じって汗《あせ》を流すキースさん。大陸でも五指に入る大商会の頭取でありながら、この人は昔から熱心にこうした活動を続けているのだ。本当に、頭が下がるよ。

その後、遅《おく》れて到着《とうちゃく》したものも合わせると、全部で七台となった馬車からすべての積み荷を降ろし終える頃《ころ》には昼になっていた。

「ふぅ……とりあえずこれでいいかな」

「お疲《つか》れ様、アルヴィン。力仕事をしたから、腹減ったろ？　これからみんなで飯を食おうと思っているんだが、一緒《いっしょ》にどうだ？」

「いただきます！」

正直、遠慮《えんりょ》している余裕《よゆう》なんてなかった。

それから、俺は村長の奥《おく》さんが用意してくれた、野菜と肉団子のスープに焼き立てのパンを腹いっぱいご馳走《ちそう》になり、改めてこれからのことについてキースさんに相談することにした。

「実は、仕事について、ひとつ思いついたことがあるんです」

それは、さっきの仕事を通して感じたことだった。

「俺は……商人として生きていこうと思います」

キースさんのように、困っている人たちを助けられる商人になりたい。荷物の運搬《うんぱん》を手伝っているうちに、「俺もこんな商人になりたい」という気持ちがどんどん強くなっていったのだ。

「ふむ。私は大賛成だ」

キースさんからも太鼓判《たいこばん》をいただいた。

「君は交渉の経験も豊富だし、各都市に伝手も多い。その若さで、あそこまでできるのはこれもまたある種の才能かもしれん」

「才能……ですか？」

「ああっ！　紛《まぎ》れもなく、商人としての才能だ」

商人としての才能、か。

恐らく、それは前世から染《し》みついている営業スキルが原因なんだと思う。

人との接し方や交渉術は、その時に鍛《きた》えられたもの。この世界で、俺が各都市にコネクションを持てたのも、そのためだろう。ダンジョンの中で、前世の記憶《きおく》がよみがえってからは特に強くそう思うようになっていた。

それにしても、不思議なものだ。

前世の営業職はお世辞にも楽しいと呼べるものではなかったし、いい思い出なんてないけど、この世界の商人という職は嫌《きら》いじゃなかった。

「なので、まずはここから西にある商業都市ダビンクへ向かおうと思っています」

「ダビンクか……なるほど、あそこの周辺には複数のダンジョンがあるし、それを管理する冒険者ギルドもある。商売をするには打ってつけだ」

あの町なら、俺が過去に交渉した商人もいるだろうから、そこでアイテムの取引をし、時には俺自らダンジョンに潜《もぐ》ってアイテムを回収をするという手もある。

……いいぞ。

心の奥底《おくそこ》から意欲が湧《わ》いてくる！

早く仕事がしたくなってきたぞ！

「ははは、良い目をしているな。では、親しき若者の成功を祈《いの》って、これを渡しておこう」

そう言うと、キースさんは積み荷の中から何かを取り出して俺に差し出す。それは指輪だった。

「この指輪は、私が君の身分を保証する印のようなものだ」

話は聞いたことがある。

確か、このアイテムを使用するには、魔力《まりよく》を注ぐ必要があったはず。

魔力というものには個人差がある。

人それぞれ、性質が微妙《びみょう》に異なり、それを利用することで、このアイテムのように個人を識別できる。指輪にはすでにキースさんの魔力が込められており、そこに俺の魔力を注ぐことで、「商人キース」が身元保証人となるわけだ。

これがあれば、冒険者ギルドに登録する際、さまざまな面で優遇される。クエストの内容次第では身分保証が必要になってくるものもあるためだ。

当然ながら、この身元保証にはリスクも伴う。

例えば、俺が何か犯罪に手を染めた時、身分を保証しているキースさんも、商会の評判が落ちるなどの被害《ひがい》が出るのは間違《まちが》いない。個人を識別できる特性から、盗《ぬす》まれて悪用される心配はないが、本人が落ちぶれてしまうという危険性がある。

それでも、キースさんは俺の身元を保証してくれた。

「ありがとうございます、キースさん！」

「あと、ついでだ。こいつも持っていけ」

さらに、キースさんは積み荷からアイテムを取り出す。今度は片眼鏡だ。

「こいつは魔力を含《ふく》む物を判別できる探知機のような役割を持つ。冒険者として、採集クエストなんかを請《う》け負う時には持ってこいだ」

「そ、そんな⁉　こんなにいただけませんよ！」

「前途《ぜんと》有望な若者の再出発だ。これくらいさせてくれ」

ニコニコと笑いながら、キースさんは俺に片眼鏡を手渡《てわた》す。

「……ここまでしていただいて……本当に、どれだけお礼を言ったらいいか……」

その優しさが全身に染み渡る。

「いや何、むしろこんなことくらいしかできなくて申し訳ないが」

「そ、そんなことありませんよ！　本当に……本当にありがとうございます！　この御恩《ごおん》は一生忘れません！」

俺は声を震《ふる》わせながら、何度も何度もキースさんに頭を下げた。


その後、キースさんたちは商会本部へ戻るということで、俺も馬車で送ってもらうことにした。

積み荷を届ける用を済ませるため、途中でいくつかの町へ寄るらしく、ダビンクの町にもっとも近い町へ着くのは二日後になりそうだという。

前途多難《ぜんとたなん》に思えた俺の新しい旅路は、キースさんという大恩人との再会を経て大きく前進を見せたのだった。

◇◇◇

キースさんの仕事を手伝いながら、ダビンクの町を目指す。

仕事の途中も、俺はキースさんからいろんなことを新しく学んだし、その仕事場で新しい伝手もできた。これまでもやってきたことだが、なんだか「懐《なつ》かしい」って気分になったな。これも、前世の記憶がよみがえったからか。

そうして迎《むか》えた旅の三日目。

朝から馬車に揺《ゆ》られること数時間。

徐々《じょじょ》に夕暮れが近づいてくる頃、御者を務めるキースさんから、荷台でウトウトしている俺に声がかかった。

「アルヴィン、見えたぞ。あれがダビンクの町だ」

その声で一気に意識が覚醒した俺は、荷台の窓から外の景色を見てみる。

「おぉ……」

思わずため息に近い声が漏れた。

小高い丘《おか》の上を進む馬車から見えたのは、広大な都市。

「久しぶりだなぁ……」

実は、あの商業都市ダビンクは、以前救世主パーティーの一員として訪《おとず》れたことがあった。あの頃はまだ駆け出しで、今ほど救世主ガナードの名が世間に広まっていなかった。だから、俺はこの広い町を端々《はしばし》まで走り回って、宿屋の手配や武器・アイテムの調達に必死だったのだ。

まあ、大変な思いをしたおかげもあって、あちこちに伝手ができたのは確かだ。

しばらくすると、馬車が停《と》まる。

どうやら、ここまでのようだ。

「ありがとうございました、キースさん」

俺は荷物を持って荷台から降りると、キースさんへ礼を述べる。

「こちらも手伝ってもらって大助かりだったよ。気をつけてな」

「はい！　キースさんも、お元気で！」

「うむ。君に、多くの幸が訪れることを願っているよ」

キースさんは、最後まで俺のことを案じてくれていた。

「気をつけてな」

「達者で暮らせよ」

「どうにもならなくなったら、俺たちを頼れ」

「ありがとうございます、みなさん」

手伝いを通して、親しくなった商会の若い衆にも別れを告げ、俺は商業都市ダビンクに向けて歩き出した。


商業都市ダビンク。

その名が示す通り、ここは大陸中の商人だけでなく、海を渡ってきた他国の商人たちも多いため、非常に賑《にぎ》やかな町だった。今いるエルドゥーク王国の商業中心地といっても過言ではない。

町へ近づくと、まず検問が待っていた。

多くの人々がダビンクへ入ろうと、長蛇《ちょうだ》の列ができている。ここで交通証明書を見せるか、身分証明をする必要があるのだ。

しばらくすると、俺の番が回ってきた。

「次のヤツ。とっとと証明書を出せ」

俺はいかつくて口の悪い門番の兵士に、キースさんからもらった指輪を見せる。魔力を照会してみると、相手があの大商人であると分かった途端、兵士は敬礼をして俺を中へと通してくれた。思った以上に効果絶大だな、この指輪。

キースさんの偉大《いだい》さを改めて噛みしめていると、街の喧騒《けんそう》が耳に入ってくる。

「前よりも賑やかだな、ここは」

以前来た時とまったく同じ感想がこぼれた。

これだけ人がいれば、商売もやりやすいと思う反面、目の肥えた客ばかりなんだろうなぁ、とも感じている。

「さて、と……まずは宿探しかな」

当初は冒険者ギルドへ行ってライセンス登録をしようとも思っていたけど、間もなく夜になるということで、今日はキャンセルし、明日改めて向かうことにしよう。

というわけで、まずは寝床《ねどこ》確保のために町を闊歩《かっぽ》する。

大変だったあの時期を思い出しながら進んでいき、たどり着いたのは少し路地を入ったところにある小さな宿屋。

この町の相場を考えたら安値に入る宿だが、店の雰囲気《ふんいき》は俺好みだった。もっとも、ガナードには「汚《きたな》くて狭《せま》い」と一蹴《いっしゅう》されてしまったけど。

カランカラン、というベルの音を聞きながら、俺は店内へと入る。

「いらっしゃい」

ロビーの受付には禿《は》げた中年男性がいた。

彼の名はディンゴさん。

駆け出しの頃、宿賃の交渉をした際、顔を合わせたので覚えているとは思うが、どうも新聞を読むのに夢中らしく、来客が俺であることに気づいていないようだ。

「お久しぶりです。ディンゴさん」

「ん？　――おっ？　誰かと思ったら、救世主パーティーの商人じゃないか」

「その節はどうも」

街の喧騒と同じように、ディンゴさんの客商売しているとは思えないくらい気だるそうな感じも変わっていないな。

別の店の人にそれとなく聞いてみたけど、昔は某《ぼう》大国の賢者《けんじゃ》をしていたらしい……まあ、さすがにそれは嘘《うそ》だろうな。全然賢者っぽくないし。

ともかく、俺は軽く挨拶《あいさつ》を終えると、もはや恒例《こうれい》となりつつある「パーティー追放」に関する事情説明を行った。

「ほぉ～……そりゃ災難だったな。それにしても、救世主パーティーは大丈夫なのかねぇ……裏方の仕事は全部おまえに任せきりだったろ」

「ええ、まあ……」

ディンゴさんは、俺がこの町でどんな働きをしていたのかよく知っている。

あと、救世主パーティーとしてこのダビンクに滞在《たいざい》していた時、俺はこの店の常連だった。

まだ駆け出しで金がない頃は、全員が高級宿屋に泊まる金がなかったので、俺だけがこの格安宿屋に泊まっていた。といっても、ディンゴさんはぶっきらぼうながらいい宿屋の見分け方などをアドバイスしてくれたりして、俺としてはとてもありがたいサービスを受けることができたので、文句などなかったが。

「それで、部屋はありますか？」

「二階の二〇三号室が空いているぞ。ほれ、こいつが鍵《かぎ》だ」

俺はディンゴさんから鍵を受け取り、礼を述べると、部屋へと向かう。

そこは、以前泊まった時と同じ部屋だった。

あの時、部屋を気に入ったって言ったのを覚えていたのかな。

「ふぅ～……」

馬車での旅は快適だったが、やっぱりベッドで寝るというのは格別な贅沢《ぜいたく》だと思う。

ようやく休めると思った安堵感《あんどかん》から、俺は手荷物を雑に放り投げる。

金を除けば、貴重品が入っているわけじゃないからこその扱《あつか》いだったが、そこからガシャンと音を立ててある物が俺の足元に転がってくる。

「あっ」

思わず、俺は床《ゆか》に転がるそれを手に取った。

手荷物から落ちたのは剣だった。

ガナードに使用を禁じられていた魔剣だ。

「最近はろくに使ってやれなくて悪いな」

鞘《さや》から抜き、俺は魔剣に謝った。

俺の師匠である元聖騎士ロッドさんが手に入れたという魔剣。

自分では扱えないが、おまえならきっと使いこなせると、あの人に引き取られた日から修行に明け暮れた。

師匠の修行は厳しかったが、こいつを使いこなせれば、魔力を増幅《ぞうふく》させ、自在にその形を変化できる魔剣の力――いうなれば、どの属性の魔法も操れるということ。

剣士と魔法使《まほうつか》いの両方の特性を持つことができるのだ。

この魔剣の力ならば、救世主パーティーに身を置いても十分にやっていけるはずだと師匠は言っていたし、俺もその通りだと思っていた。

そして、実際に使いこなせるようになって勇者パーティーに入ったが――現実はそううまくはいかなかった。

「懐かしいなぁ……」

剣を眺《なが》めて思い出に浸《ひた》る。

っと、今はそれどころじゃないな。

明日の予定とか、いろいろと決めたいことはあったが、ベッドで横になったが最後、俺は睡魔《すいま》に負けてそのまま深い眠《ねむ》りへと落ちていった。

◇　◇　◇

翌朝。

窓辺で羽を休める小鳥の囀《さえず》りで、俺は目を覚ました。

「朝か……」

ベッドから起き上がり、軽く伸《の》びをすると、俺は部屋を出て一階へと向かう。

すると、ロビーで廊下《ろうか》の掃除《そうじ》をしているディンゴさんを発見――が、どうも様子がおかしい。見ると、十五、六歳《さい》くらいの女の子と話をしているようだ。

美しい銀髪《ぎんぱつ》に翡翠《ひすい》色の瞳《ひとみ》、そして整った顔立ちに白い肌《はだ》。まるで作り物の人形のような愛らしい女の子だった。

その女の子と話しているディンゴさんだが、何やら困っているような？　とりあえず、話しかけてみるか。

「おはようございます、ディンゴさん」

「!?」

俺が話しかけると同時に、女の子は大慌《おおあわ》てで走り去っていった。なんなんだ？

「おう、アルヴィンか」

「さっきの子は？」

「それが、どうも声が小さくてよく聞き取れなくてなぁ。たぶん、ここで働きたいって頼《たの》みに来たんだと思うのだが……正直、そんなに仕事はねぇし、何より、どう見ても厄介事を抱《かか》え込んでいるって感じの子だから断っちまったよ」

そうだったのか。

まあ、商業都市っていうくらいだから、ここには働き口がたくさんある。能力はさておき、可愛《かわい》らしい子だったから心配しなくても仕事は見つかるだろう。

「すいません、部屋の鍵を預かっておいてもらえますか？」

「おう。出かけるのか？」

「ええ。とりあえず冒険者ギルドへ行こうかなと」

「冒険者ギルドか……おまえ、戦えるのか？」

「この剣は飾《かざ》りじゃないですよ。剣術は昔からたしなんでいます」

「さすがだな」

魔剣を使わない俺の実力は、戦闘特化タイプであるガナードやタイタスに比べると足元にも及《およ》ばない。だが、今はその魔剣が解禁された状態。これならば、条件問わず、いろんなクエストに挑戦《ちょうせん》できるからありがたい。

「まあ、おまえならうまくやるだろ」

最後に適当な感じでエールを送られたけど、この人は大体いつもこんな感じだ。

さて、キースさんに続いてディンゴさんからもありがたい激励《げきれい》のお言葉をいただいたので、しっかり励むとしますか。

◇　◇　◇

町の中心部はとてつもない賑わいだった。

商業都市というだけあって、あちこちの店舗《てんぽ》や屋台が物を売る商人たちとそれを買いに来た客で溢れかえっている。なんでも、経済政策の一環《いっかん》として造られた都市らしく、商人たちが縛《しば》りなく商売できるよう、一部業種に関しては国王陛下の肝煎《きもい》りで税の免除《めんじょ》などもあるそうな。

「朝方は活気が増しているな」

昨日訪れた夕方よりも、朝の方が何倍も賑やかだ。

普通に歩いているだけで、いろんな商人に声をかけられる。

「兄ちゃん、野菜買っていかないか！」

「新鮮《しんせん》な果物はどうだい？」

「男なら剣だろ！　安くしとくよ！」

俺はそんな誘《さそ》いを適当にあしらいつつ、目的地の冒険者ギルドを目指す。

確か、この噴水《ふんすい》のある広場を東に進めば――

「お、見えた」

記憶を頼りに進み、たどり着いた冒険者ギルド。

ここも、救世主のパーティーにいた際に来たことがあった。あの時は当時の最難関クエストを半日で達成し、地元の冒険者たちを驚かせていたな。

ただ、今回はそのような大掛《おおが》かりなクエストは受けない予定でいる。

大金は必要ない。

とりあえず、日々の生活費と、これから始めようと思う店の開店資金のための貯蓄《ちょちく》分が稼《かせ》げればそれでいい。

今後の計画を頭の中で整理し、とりあえず受付カウンターで冒険者登録をしようと受付嬢《うけつけじょう》に声をかけた。

「すまない。少し聞きたいのだが」

「はーい♪」

応対してくれたのは肩口《かたぐち》まで伸びる鮮《あざ》やかな金髪《きんぱつ》に猫耳《ねこみみ》の生えた女の子。どうやら猫の獣人族のようだ。

て、あれ?

この子は……。

「にゃっ！　アルヴィンにゃ！」

「覚えていてくれたのか、リサ」

「もちろんにゃ！」

そう言って、俺の手を握《にぎ》り、ブンブンと振り回すのは受付嬢のリサ。外見の年齢《ねんれい》は俺と大差ないが、それでも五十年くらいは生きているらしい。

実は、彼女《かのじょ》の父親であるザイケルさんがこのギルドを仕切っている、いわば支配人であり、以前ガナードたちと来た時には随分《ずいぶん》と世話になった。その際、受付嬢であるリサとも知り合ったという経緯があったのだ。

「今日はどうしたにゃ？　……まさか、またあの生意気な救世主が来るのかにゃ？」

店に入るなり「貧乏臭《びんぼうくさ》い場所」と切り捨て、おまけにしつこく自分が泊まっている宿屋の部屋に誘ってきたガナードにリサはいい思い出がなく、顔をしかめていた。

「いや、今回は俺ひとりだよ」

「にゃ⁉　本当かにゃ⁉」

グイッと顔を近づけるリサ。……前に会った時もそうだったが、この子は何かと距離《きょり》が近いんだよなぁ。そういうところが猫っぽいといえばそうなんだけど。

「でも、アルヴィンが単独で動くなんで珍《めずら》しいにゃ。もしかして……よっぽど厄介な案件でも抱えているのかにゃ？」

おっと、説明がまだだったな。

俺はこの町にたどり着くまでの経緯を話してみた。

それに対するリサから返ってきた反応は、大方こちらの予想通りのものだった。

「にゃに……それ……」

ドン引きである。

「信じられないにゃ！　宿の手配とかアイテムの調達とか、全部アルヴィンがやっていたのに、切り捨てるとかあり得ないにゃ!!!!」

「しゃーっ！」と怒りをあらわにするリサを、俺はなんとかなだめた。

「だけど、もうその必要はなくなったし……」

「大体、戦闘で役に立たないって言い分も腹が立つにゃ！　魔剣使いのアルヴィンに通常の剣を装備させている時点でおかしいのにゃ！　戦士に杖《つえ》持たせて魔法を使えって言っているようなものなのにゃ！」

「ガナードには魔剣も普通の剣も同じだと思ったんだろ」

「役割に合わせた武器の装備なんて初歩中の初歩！　そんなことで本当に魔王なんて倒せるのか疑問にゃ！　ふしゃーっ‼」

リサの怒りはまだ収まらなかった。

「ていうか、あいつらを一躍《いちやく》有名にしたあのSランクのクエストだって、アルヴィンがパパに粘《ねば》り強く交渉したから、受けさせてもらえたわけなのにゃ！　それを忘れたのかって言ってやりたいにゃ！」

腕を組み、頬《ほお》を膨《ふく》らませるリサ。

……そうだったな。

最難関クエスト。

五段階ある難易度の中でもっとも高いSランクの仕事は、当初このギルドの支配人であるザイケルさんが信頼《しんらい》を置く一部のパーティーのみが受けられる限定的なものだった。

その内容は、ダンジョン最奥部《さいおうぶ》に棲《す》みついた大型モンスターの討伐。

それだけ聞くと実にシンプルな内容だ。

しかし、こいつがかなりの強敵らしく、これまでいくつものパーティーが討伐に名乗りをあげて挑戦したが、結局倒しきれず、大怪我《おおけが》を追ってなんとか帰還《きかん》するというパターンが続いていたらしい。

最奥部というだけあり、周辺にはレアアイテムが眠っているとの話だったが、そのモンスターのせいで近づけず、お宝を前に指をくわえて見ているしかなかった。

だが、詳細《しようさい》な情報を聞く限りでは、当時のガナードたちで十分に討伐できるモンスターであると確信していた俺は、なんとかこのクエストを受けさせてもらえるよう交渉した。

当然ながら、すぐに許可は下りなかった。

まだ俺たちには実績がなかったため、冒険者思いである支配人のザイケルさんがストップをかけたのである。

それでもなんとか頼み込んで、一日という期間限定を条件にクエストを受けさせてもらうことになった。

後から聞いた話だが、これは相当無茶な条件だったらしい。

本来なら、幾重《いくえ》にもトラップを重ねて、大量の人材を投入して倒すのが定石とされているとのこと。それを、まだ駆け出しの俺たちがたった四人で挑《いど》むというのだから、そりゃ無茶だよなぁと思う。

——が、このクエストに関しては俺の見立てが正解だった。

ガナードたちは、大型モンスターをたった半日で仕留めたのだ。

その戦果に、ギルドが騒然《そうぜん》となった。

救世主パーティーの面々は冒険者たちから賞賛を受けたが、ザイケルさんはガナードたちよりも俺の洞察力《どうさつりょく》と交渉の腕、さらに、支配人である自分に怯《ひる》むことなく意見を言える度胸を気に入ってくれたらしく、「俺の右腕《みぎうで》としてここに残らないか?」とまで言ってくれた。

こうした事情も、俺がダビンクで商売をやろうと思った理由のひとつだ。

「パパはまたアルヴィンに会いたがっていたから、きっと喜ぶにゃ!」

「ありがたいな。ところで、そのザイケルさんは?」

「それが……残念ながら、今は不在にゃ。王都から呼び出しがあったらしいけど、私には内容を教えてくれなくて」

シュン、とリサは項垂《うなだ》れた。

しかし……王都からの呼び出し、か。

なんだか穏《おだ》やかではない感じだ。

……まあ、そういったわけだから国家レベルの問題事は、ガナードたち救世主パーティーが解決してくれるだろう。

「ともかく、そういったわけだから冒険者登録を頼むよ」

「分かったにゃ。パーティー募集《ぼしゅう》は――て、その指輪は……」

話の途中でリサの視線は、俺の指輪に釘付《くぎづ》けとなっていた。

「アルヴィン……結婚《けっこん》したのかにゃ？」

「違うよ！　これは身分証明の指輪だって！」

「あっ――な、なぁんだ、そうだったのかにゃ！」

笑って誤魔化《ごまか》そうとしたリサだが、すぐに表情が一変。真面目《まじめ》な顔つきで尋ねてくる。

「身分保証……相手は誰にゃ？」

「キースさんって商人なんだけど」

「⁉　キ、キースさんって、あの大商人の⁉」

キースさんの名を出した途端、リサは相当ビックリしたようで、頭の上のふたつの耳がピコピコと忙《せわ》しなく左右に揺れていた。

「知っているのか？」

「知っているどころの騒《さわ》ぎじゃないにゃ！　キースさんといえば超《ちょう》有名人にゃ！　というか、アルヴィンはキースさんと知り合いだったのにゃ⁉」

「まあ……だいぶ世話になったな」

興奮気味のリサをなだめつつ、俺は話を続けた。

「パーティー募集の件だけど、とりあえずなしでいいかな」

ギルドにあるクエストの中には、複数人で挑まなければ困難なものもある。そういった達成条件の厳しいクエストは必然的に報酬《ほうしゅう》も高くなる傾向《けいこう》にあった。

ただ、俺はパーティーというものにはあまりいい思い出がないので、しばらくはソロでやっていこうと考えている。

だが、リサは納得《なっとく》いっていないようだ。

「ど、どうしてにゃ⁉　あの滅多《めった》に保証人にならないキースさんのお墨《すみ》付きとなれば、この町で一番の冒険者パーティーからだって快く迎え入れてくれるはずにゃ⁉」

マジか。凄い人って言うのは分かっていたけど、まさかそこまで影響力《えいきょうりょく》のある人だとは思っていなかったな。

「と、当分はひとりでいいよ。そのうち、ここの冒険者たちと顔馴染《かおなじ》みになれば、誰かと組むことになると思うけど」

「……まあ、確かに、冷静に考えたら、最初はその方がいいかもにゃ。魔剣使いで、おまけに聖騎士様のお墨付きがあるとはいえ、アルヴィンはまだソロでの実績皆無《かいむ》なわけだし……募集をかけても疑われて人は集まりそうにないかもにゃ。それじゃあ、ライセンスを発行してくるから、ちょっと待つにゃ」

リサは俺の考えを汲《く》んでくれたようで、とりあえずパーティーの募集は一旦保留となった。ライセンスが発行されるには、今からだと明日の朝になるとのことだったので、先にクエストが貼り出されている掲示板《けいじばん》へと向かった。

「さて、今のランクで受けられるクエストは……」

俺が視線を向けた先にあるのは、Ｅランクのクエスト。このＥランクが、冒険者の中でもっとも低いランク――つまり、初心者というわけになる。

前のパーティーにいた時は、あくまでも数合わせということでダンジョンに潜っていた俺は、個人での冒険者ライセンス取得はこれが初となる。

あと、このクエストの内容だけど、これが、このダビンクの冒険者ギルドを選んだ最大の理由だった。

商業都市ダビンク周辺にはダンジョンが多い。

そのため、クエストも大型モンスター討伐から薬草採集に至るまで、バラエティに富んだ内容になっている。選びたいのは戦闘絡みでないクエスト――いわゆる採集クエストってヤツを主体に選ぼうと考えていた。

「おっ？　この魔石採集のクエスト、いいな」

早速いい感じのＥランククエストを発見。

よし、ライセンスが発行されたら早速申請《しんせい》してみよう。

幕間① Side:救世主パーティー

アルヴィンがパーティーを抜《ぬ》けた翌日。

救世主のガナードは滞在《たいざい》する町の食堂へ出向き、朝食をとることにした。

入店早々、手近な席へドカッと腰を落とすと、店員に「この店で一番うまい物を寄越《よこ》せ」と乱暴な注文をふっかける。それからは、聖拳士のタイタスと魔導士《まどうし》のフェリオの三人は楽しげに談笑していた。

話題は、昨日追放したアルヴィンについて。

「賢明《けんめい》な判断だったな、ガナード。あの弱さでは、この先どれだけ鍛錬《たんれん》を積もうが、魔王軍《まおうぐん》との激化する戦闘《せんとう》についてくることなどできないだろう。たとえ魔剣《まけん》が使えたとしても、その力はたかが知れている」

「魔族《まぞく》六将のひとりを倒した聖騎士《せいきし》ロッドの愛弟子《まなでし》っていうくらいだから期待はしていたが……所詮《しょせん》は薄気味《うすきみ》悪い魔剣使いだったってわけだ。クソの役にも立たなかったな」

「あんなのなら、その辺にいるスライムの方がまだ役に立ちそうね」

「おいおいフェリオ、そいつはさすがに言いすぎ——でもねぇか」

「「「ハハハハハッ！」」」

救世主パーティーのメンバーはアルヴィンをバカにし、笑いものにしていた。

「そういえば聞いたわよ、ガナード」

「あ？　聞いたって、何を？」

「あなた……オーレンライト家とハイゼルフォード家、さらにはレイネス家の当主から、自分たちの娘《むすめ》を婚約者《こんやくしゃ》にしてほしいって書状が届いたんでしょう？」

「っ！　あの御三家《ごさんけ》が揃《そろ》い踏《ぶ》みとは……さすがだな、ガナード」

これにはタイタスも驚《おどろ》きを隠《かく》せなかった。

オーレンライト。

ハイゼルフォード。

レイネス。

いずれも、この大陸に住む者ならば必ず一度は耳にする大貴族の家名だ。

「確か、オーレンライトといえば、大陸でも随一《ずいいち》の名門魔導士の一族……そしてハイゼルフォード家の御令嬢《ごれいじょう》も、確か神託《しんたく》により聖騎士に選ばれたって話だったな」

「レイネス家の御令嬢に至っては、公爵《こうしゃく》家であり、私たちと同じ、救世主候補である精霊《せいれい》使いに選ばれているわ。……まあ、この子はまだ幼いって話だから一緒に旅はできないそうだけど。――で、実際のところはどうなの？　本当に婚約の話が来たの？」

フェリオは瞳《ひとみ》を輝《かがや》かせながら、ガナードに問う。

だが、その質問は仲間の婚約を祝おうという純粋《じゅんすい》な気持ちから来るものではない。

自分のパーティーに、あの御三家の、しかもすべてから求婚《きゅうこん》された人物がいることは、彼女《かのじょ》にとってもステータスとなるからだ。

「確かに、オーレンライト、ハイゼルフォード、レイネス——御三家の各当主から、そのような話はもらっている。あ、ちなみに、この話はすべて受けるつもりだ」

当然のように語るガナード。

しかし、彼の言い分には問題点があった。

「断る理由はないでしょうしね。……でも、いいの？」

「何がだ？」

「今、すべてって言ったじゃない。ということは、御三家の御令嬢三人と結婚するつもりなんでしょう？　重婚《じゅうこん》は法律で禁止されているのよ？」

ガナードたちの生まれ故郷である大国エルドゥークでは重婚はご法度《はっと》。しかし、ガナードには秘策があった。

「そこは特例措置《そち》をとってもらうつもりだ」

「特例措置って……？」

「つまり、国に重婚を認めさせるというのか？」

「おいおい、俺《おれ》は世界を救う救世主だぞ？　嫁《よめ》の数くらい自由に決めさせてもらう。それくらいの権利が許される働きはしているしな」

法律さえも変えてしまう。

救世主の持つ特権の強大さに、タイタスは少し動揺《どうよう》しているようだった。

だが、当のガナード自身は「それが当たり前だろ？」と鼻で笑う。

「それに、御三家としても、自分たちの足場をより確固たるものとするために俺の名が欲《ほ》しいだろうからなぁ。この提案に乗ってくるはずだ」

ガナードは自身の立場を熟知している。

聖剣に選ばれ、世界を救う力を持った自分と身内になれば、さまざまな場面で有利となる。御三家の当主たちはいずれも野心が強い。己《おのれ》の立場をより高みへ押し上げるためならば、重婚だって認めるように国に働きかけるはずだとガナードは睨《にら》んでいたのだ。

「くくく、戦闘力の高い剣士はいくらいても困らないし、魔法使いや精霊使いなら、どんな役目も器用にこなせるだろう。それに、オーレンライトとハイゼルフォードの御令嬢はとてつもない美人だと聞いている。フェリオが言った通り、レイネス家の子はまだ幼いが……その分、これから俺好みの女に成長させる……それはそれで楽しみだ」

「ははは、おまえの場合は最後の情報だけが重要だろう？」

「おっと、バレちまったか」

パーティーのメンバーは、ガナードの婚約者の話で盛り上がっていた。

すると、そこへ近づくふたりの人物が。

「ガナード、来たわよ♪」

「ちーっす♪」

「お、来たな」

親しげにガナードへ話しかけた男女。

女の方は紫《むらさき》のショートカットに派手なメイク。そして、無駄《むだ》に露出度《ろしゅつど》が高い服装をしていた。

男の方は長い金髪《きんぱつ》に整った顔立ち。派手な装飾品《そうしょくひん》を身にまとい、身のこなしや言葉遣《ことばづか》いから、どこか軽薄《けいはく》な印象を受ける。

「ガナード、このふたりは？」

タイタスの問いかけに、ガナードは「ふっ」と小さく笑ってから答えた。

「情報屋のミーシャと剣士のラッセだ。ふたりにはアルヴィンの穴を埋《う》めてもらう。――と言っても、このふたりはあの魔剣使いとは比べ物にならないくらい優秀《ゆうしゅう》だけどな」

「へぇ……まあ、あいつよりは使えそうじゃない」

「その期待に応《こた》えてみせますよ」

「てか、魔剣使いとかただのハッタリっしょ！　魔王の剣を使えるヤツが、そんな能無しのボンクラなわけねぇし」

「頼《たの》もしい限りだな」

ガナードはアルヴィンに代わって新たにミーシャとラッセのふたりをパーティーに加えた。

「あ、そうそう。早速なんだけど、いい情報があるわよ」

「ほう……教えてもらおうじゃないか」

ガナードはすぐ横に立つミーシャの腰に手を添《そ》えると、グイッと強引《ごういん》に自分の方へと抱《だ》き寄せた。

ミーシャも満更《まんざら》でもない様子だったので、タイタスとフェリオは「ああ、それでアルヴィンを追い出したのか」と、納得《なっとく》する。

「えぇ～？　ちょっと強引すぎない？」

「いいからいいから。どうせ他の連中は気にしねぇよ。なあ？」

ガナードがアルヴィンを追い出した最大の要因は、このミーシャだった。

救世主パーティーに加われれば、楽をして稼げると思ったミーシャは、ガナードの女好きを利用して近づき、こうして潜り込むことができた。彼女にとって、ガナードは金づるであり、世界を救おうという気などサラサラないのである。

「ガナードのヤツ……相変わらず見境がないな」

「まあ、いつものことだし」

「だな」

「うおぉ……マジ羨《うらや》ましいっす！」

「ははっ！　ラッセ、おまえも戦闘で活躍できたら――楽しませてやるぞ？」

「マジっすか！　あざっす！　俺超がんばるっすよ！」

下卑《げび》た笑いに包まれる、救世主パーティーが座《すわ》るテーブル。

だが、周囲の反応はそれとは対照的に冷ややかなものだった。

「あれが救世主パーティー？　嘘《うそ》だろ？」

「品性の欠片《かけら》もない……本当に神に選ばれた者たちなのか？」

「昔は強いモンスターを倒してくれてありがたいと思ったが、今となっちゃ、そのモンスターよりも厄介《やっかい》な連中になっちまったな」

「しっ！　聞かれたら命はないぞ……」

最初は感謝の意を示していた人々だったが、救世主パーティーが増長していくにつれて徐々にその気持ちに陰《かげ》りが生じていた。

だが、そのことに、ガナードたちは気づかない。

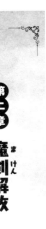

第二章 魔《ま》剣《けん》解放

THE EXILED SWORDSMAN MERCHANT GROWS UP AT HIS OWN PACE

冒険者《ぼうけんしゃ》ギルドへ登録を済ませた翌日。

その証明となるライセンスを受け取りにギルドを朝一で訪ねてみると、すでに出来上がっているらしく、リサが店の奥《おく》から持ってきてくれた。

「これがライセンスにゃ」

「ありがとう、リサ」

発行されたライセンスは手のひらに収まるほどのサイズだが、身分保証の時と同じように、俺《おれ》の魔力《まりょく》を登録させることで、個人を識別することができる。そのため、たとえ紛失《ふんしつ》してしまっても悪用されることはないが、再発行の手続きは結構面倒《めんどう》くさい。一度、ガナードがなくした時に経験済みなのだ。

「ダンジョンへ行く前に、ここでアイテムや装備を揃《そろ》えておくといいにゃ。アルヴィンならお安くしておくにゃ」

「それは助かるな」

リサからの言葉に従い、キースさんからの報酬《ほうしゅう》で武具を新調。さらに、必要最低限のアイテムを購入《こうにゅう》し終え、準備は完璧《かんぺき》に整った。

「それにしても、魔石《ませき》集めだなんて……昨日は冒険者の経験がないって言ったけど、アルヴィンの戦闘力《せんとうりょく》ならもっとレベルの高いクエストから始めてもいい気がするにゃ」

「急ぐものでもないしな。まあ、のんびりマイペースにやらさせてもらうさ」

俺の最終目的はこのダビンクで店を開くこと。

魔石採集クエストをこなして資金を稼《かせ》ぎつつ、その店に並べる品を確保したり、この辺りを主戦場としている冒険者たちが何を求めているのかを調査したり……なんだか、むしろクエストの方がおまけって感じがしてきたな。

「うし！　それじゃあ行くか」

「くれぐれも無茶《むちゃ》はしないでにゃ」

「分かっているよ」

気持ちも新たに、俺の新しい生活の第一歩――冒険者としての日々はこうして幕を開けたのだった。

初仕事の場所はダビンクの町から西へ進んだ先にあるダンジョンから。

入って数十メートルの地点からはじめ、徐々《じょじょ》に奥へと進んでいく予定でいる。

「まずはこいつの性能を試《ため》してみるか」

俺はキースさんからもらった片眼鏡を装着する。

しばらくして、装着した左目が少し熱を持ち始めた頃《ころ》、俺はゆっくりと目を開ける。その効果は周囲を見渡《みわた》すことですぐに分かった。

「おっ、早速《さっそく》一個発見だ」

手にしたのは一見すると特に変わったところの見られないただの石。だが、こいつを専用ハンマーで砕《くだ》いてみると、断面が水色に輝《かがや》いていた。

狙《ねら》い通り。

こいつは魔石だ。

断面の色が水色ってことは、水属性の魔石だな。

「サイズも良好。幸先《さいさき》のいいスタートになったぞ」

この魔石があれば、魔法《まほう》を覚えなくても、魔法と同じ効果を得られる。つまり、この石に魔力を注ぎ込《こ》めば、石から溢《あふ》れんばかりの水が湧《わ》き出てくるという寸法だ。

ただ、そう滅多《めった》に落ちているわけではないので、手当たり次第《しだい》に石を砕いていては時間の無駄《むだ》になる。

そこで、俺はこの片眼鏡の力を頼《たよ》りに、ピンポイントで探していく作戦に出たのだ。

まあ、あの様子だと、キースさんは俺が冒険者ギルドって単語を口にした時、こういった方法で稼ぐって読んでいたみたいだから、このアイテムをくれたのだろうな。さすがは大陸にその名を轟《とどろ》かせる大商人。先を読む力は確かだ。

俺はその後も安全安心にアイテムを調達していった。

同時に、俺はダビンクでどんな商売をするのか考えを巡《めぐ》らせていた。

ギルドにあった掲示板《けいじばん》から得た情報によると、四つあるダンジョンの中で、ダビンクから一番近い位置にあるここは、もっとも難易度が低いという。理由は手強《てごわ》いモンスターが確認《かくにん》されていないからで、おまけに手に入るアイテムのレア度も全体的に低い。

そういった理由から、ここは初心者御用達《ごようたし》のダンジョンとして重宝されていた。

「冒険者になって日が浅い人たちをターゲットにして、冒険に役立つアイテムを中心に揃えて売るっていうのも手だな」

例えば、今集めている魔石も、新米冒険者にとってはありがたいものだろう。

彼《かれ》らの中にはまだ魔法の扱《あつか》いに慣れていない者も多いだろうし。

「よし、まずはその方向性で検討してみるか」

漠然《ばくぜん》とはしているが、とりあえず形にはなってきたな。

そうと決まったら、もうひと頑張《がんば》りといきますか。


どれほどの時間が経《た》っただろう。

持ってきた袋《ふくろ》は、ゲットしたサイズのバラつく魔石でいっぱいになっていた。バラついているのはサイズだけでなく、属性もうまいこと散らばってくれていて助かる。

モンスターと一度も遭遇《そうぐう》せず、安全にクエストを達成できただけでなく、想定していた以上の成果に、思わず頬《ほお》が緩《ゆる》んだ。

「意外な穴場だったな。これだけあれば、合計で金貨十枚くらいにはなるかな」

上々の結果に満足した俺は、帰り支度《じたく》を始める。ギルドへ戻《もど》ったら、まずはリサに報告しないとな。

その時だった。

「兄ちゃん、ちょっと待ちな」

俺を呼び止めたのは男の声だった。

振《ふ》り返ると、そこには四人組の冒険者パーティーがいた。

全員武器を手にし、ニタニタと下卑《げび》た笑《え》みを浮《う》かべながら近づいてくる。どう考えても、同業として仲良くやっていこうって感じじゃない。

「……何か用か?」

「その袋に入っている物を寄越《よこ》しな」

ストレートだな、おい。

包み隠《かく》さず要求できるその豪胆《ごうたん》さは感心するよ。

まあ、だからといって渡《わた》すわけがないけど。

「断る」

相手のストレートな物言いに敬意を表し、こちらもストレートに拒絶《きょぜつ》する。直後、男たちは一瞬《いっしゅん》真顔になるが、すぐに俺を指差して大爆笑《だいばくしょう》。

「へへへ、バカな野郎《やろう》だ。大人しく渡していたら、痛い目を見ずに済んだものを」

……やっぱり、そうなるか。

恐《おそ》らく、こいつらはこれが初犯じゃない。

俺みたいに、戦闘絡《がら》みじゃないクエストを申請《しんせい》している者——言ってみれば、ここに来る初心者たちが手にした戦利品を奪《うば》って、それを裏ルートでさばくつもりなのだ。

ダビンクのような大都市だと、こういった裏での取引が蔓延《まんえん》してしまえば、肝心要《かんじんかなめ》となる都市の経済が麻痺《まひ》してしまう恐れがある。

なので、取り締《し》まりが非常に厳しいはずなのだが……男たちの手慣れた様子を見ると、かなり大規模な組織が絡《から》んでいると見て間違《まちが》いなさそうだ。

「今ならまだ間に合うぜ？　そいつを置いていきな」

「何度言われようが、俺の答えは変わらない」

人数では劣《おと》るが、だからといって引き下がるわけにはいかない。俺だって、生活がかかっているのだから。

それに、今の俺にはもう制限がない。

これまでずっと封印《ふういん》していたこいつの力を、思う存分発揮できる。

「……選ばせてやる」

「あ？」

「氷漬《づ》けと黒焦《くろこ》げ――どっちがいい？」

鞘《さや》から抜《ぬ》いた俺の魔剣。

今となっては、師匠《ししょう》の形見となったその真っ黒な剣《けん》を見た男たちは一瞬その異様さに怯《ひる》んだ。しかし、数での優勢があるためか、威勢《いせい》のよさをすぐに取り戻す。

「そんな虚仮威《こけおど》しで俺たちがビビるとでも思ってんのか！」

息巻く男たち。

だいぶ熱くなっているようだ。

ならば、その熱を冷ましてやるとしよう。

「《氷剣》――アイス・ブレイド」

手にした魔剣に、魔力を込めると、強烈《きょうれつ》な冷気がまとわりつく。

この瞬間《しゅんかん》、魔剣の色は黒から水色へと変わる。それは、こいつの魔法属性が【氷】となった証《あか》しであった。

魔力を込めることで属性を変化させる。

それが、魔剣の生み出す効果だ。

……残念ながら、魔王《まおう》に効果絶大とされる【光】属性の魔法だけは、聖剣《せいけん》を持つ者にしか使えないため、俺の魔剣でも使用はできないが。

それでも――威力《いりょく》は十分にある。

「な、なんだ……？」

リーダー格の男は魔剣の異変に気づいたようだ。

まあ、今さら気づいたところで手遅《ておく》れだけど。

「いけ」

静かに告げて、剣を振るう。

すると、魔剣がまとった冷気はその姿を矢に変え、男たちの足元へと飛んでいく。その矢が地面に直撃《ちょくげき》すると同時に凍《こお》りつき、男たちをその場に縛《しば》りつけた。

「な、なんだこりゃ⁉」

「つ、つめてぇ⁉」

「足元が凍ってるぞ⁉」

突然《とつぜん》の事態に、男たちはパニックに陥《おちい》る。

だが、すぐに俺の仕業《しわざ》と気づいたようだ。

「この野郎！」

ひとりの男が、手にしていた大きなハンマーを俺目がけて放《ほう》り投げてきた。そのまま回避《かいひ》してもよかったが、ようやく魔剣の力を解放できたんだ……まだまだ暴れ足りないだろうから、もう少し彼らに付き合ってもらうとしよう。

「《焔剣《えんけん》》――フレイム・ブレイド」

再び魔剣へ魔力を込める。

すると、今度は赤と橙《だいだい》が混じったような炎《ほのお》をまとい始める。

魔剣の属性が【氷】から【炎】へ変わったのだ。

「ふん！」

俺はそのまま魔剣を頭上へと持ち上げると、飛んでくる鉄塊へ向けて一気に振り下ろした。

「ガン！」という音の後、真っ二つに両断したハンマーが俺の体の脇《わき》を通過していき、背後の岩壁《がんぺき》に突《つ》き刺《さ》さった。

さらに、振り下ろした勢いで、先ほどの冷気のように炎が男たちを襲《おそ》う。魔剣に炎をまとわせたのは、この追撃《ついげき》効果を狙ってのことだ。

「「「あっつぅ⁉」」」

炎を浴びる男たちは大慌《おおあわ》てで衣服についた火を手で払《はら》っている。その際、熱で動きを封《ふう》じていた足元の氷が溶《と》けたらしく、男たちは周辺をのたうち回っていた。

「冷たいんだったらちょうどいいだろ？」

剣技と共に繰《く》り出される氷系魔法と炎系魔法のコンビネーション。

これが、剣士《けんし》と魔法使《まほうつか》いの力を併《あわ》せ持つ魔剣士の戦い方だ。

「さて、それじゃあ次の属性は……【雷《かみなり》】いってみるか」

そう言って、三度魔力を魔剣に込める。

バチバチという音と共に、薄暗《うすぐら》いダンジョンに閃光《せんこう》が走った。

「「「ひいっ⁉」」」

次に来る攻撃《こうげき》を予想した男たちは一目散に逃《に》げだした。

「ふぅ……」

　正直、魔剣の力を実戦で使うのはかなり久しぶりだったので、ちゃんと発動するかと心配だったが、それは杞憂《きゆう》に終わった。

　これから商売を始めていくうえで、こいつの存在は大きいからな。

　俺は役目を終えた魔剣を鞘へとしまう。

　何はともあれ、最初のクエストは見事に達成だ。

　……ただ、さっきの男たちは気になるな。

　ダビンクの町のギルドを統括《とうかつ》しているザイケルさんは、ああいった連中を厳しく取り締まっている。それにもかかわらず、あんなのがうろついているのはどうにも解《げ》せない。かといって、ザイケルさんがそういった連中を飼っているとも思えない。

「……黒幕はギルド関係者か？」

　取り締まる側であるザイケルさんたちに隠れて、コソコソ裏から内部情報を漏《も》らしているヤツがいる……？

　だとしたら、それは由々《ゆゆ》しき事態だ。

　今後の商人としての活動にも支障が生じてくる。

「リサに報告しておくか」

　改めて、ダンジョンから出ようと歩きだした時だった。

「うん？」

背後で物音がした。

振り返ると、ひと際大きな岩があり、そこで何か動いたような。

「モンスター……か？」

それにしては気配が弱い。

まあ、ここは難易度の高いダンジョンではないし、低レベルのスライムあたりが隠れているのかもしれない。

そう思っていたが……それはまったくの見当違《けんとうちが》いだった。

「うぅ……」

今度は小さなうめき声が。

誰《だれ》かが泣いている？

怪我《けが》で動けなくなったのか？

近づいてみると、そこにいたのは意外な人物だった。

「あ、君は……」

岩陰《いわかげ》に隠れ、震《ふる》えていたのはディンゴさんの宿屋を訪《おとず》れた女の子だった。

こんなところで何をやっているんだ……？

体の半分以上を岩に隠しているため、よく分からないが……ダンジョンに潜《もぐ》るような装備を調えているようには思えなかった。

「えぇっと……道に迷ったのか？」

恐らく、何か事情があるのだろう。

とりあえず、すぐにでもこの子を連れて外に出よう。

モンスターだけじゃなく、さっきみたいな輩《やから》に絡まれる前に。

◇　◇　◇

ギルドへ戻り、リサへクエストの成功を報告。

「さすがはアルヴィンにゃ！　こんなに大量の魔石をゲットしてくるなんて！　初日でここまでの成果を挙げる冒険者なんてそうはいないにゃ！」

背中をバシバシと叩《たた》きながら、リサは誉《ほ》めてくれた。

「キースさんからもらった片眼鏡が役に立ったよ」

「それにしたって凄《すご》いにゃ！　し、か、も！　可愛《かわい》い女の子までゲットするにゃんて！」

「ああ……この子はそういうわけじゃないんだ」

俺とリサの視線の先にいたのは洞窟《どうくつ》で再会した少女。

ディンゴさんの宿屋にいた、銀髪碧眼《ぎんぱつへきがん》の女の子だ。

なぜかろくな装備も持たず、ダンジョンで震えていたところを、俺が保護して連れてきたわけだが……ギルドに戻っても様子は変わらず、ずっと怯《おび》えており、何を聞いても答えてくれないので、未《いま》だ名前すら分からない状況《じょうきょう》だった。

そんな少女を見たリサの視線がこちらへと向けられる。

「……一体何をやったにゃ？」

「何もしていない」

「訂正《ていせい》にゃ。これから何するつもりにゃ？」

「だから何もしないって」

「………」

明らかに「嘘《うそ》をつくにゃ！　これからよろしくやるつもりに決まっているにゃ！」とでも言いたげなジト目を向けて無言の抗議《こうぎ》をしてくるリサ。

あそこまで怯えている子に何かできるってヤツがいるなら、そいつはガナードに匹敵《ひってき》する節操なしの鬼畜《きちく》野郎だ。

「まあ、アルヴィンを信用してこれ以上は聞かないにゃ」

とは言うが、未だにジト目は継続《けいぞく》中。

「それにしても……何を聞いても答えてくれないんじゃ、家に送り届けてあげようにも場所を特定できないぞ……」

「にゃっ⁉　その子の家で襲う気にゃ⁉　その発想はなかったにゃ！」

「それも違《ちが》う」

どうしても俺を最低野郎にしたいらしい。

おかげで、少女の怯え方がさっきまでよりもひどくなっている。

「だ、大丈夫《だいじょうぶ》だぞ！　君を酷《ひど》い目に遭《あ》わせたりなんてしないから！」

俺は必死に少女へ訴《うった》えたが、「慌てるところが怪《あや》しいにゃ」というリサの一言で台無しに。誤解が解ける間でいいから、ちょっと黙《だま》っていてほしい。

「しょうがないにゃ。ほら、アメちゃんあげるから、名前を教えるにゃ」

受付から出てきたリサは、どこから取りだしたのか小さなアメを女の子に差し出す。すると、女の子はそれを受け取って、

「シェルニ、です」

と、名乗った。

心なしか、その表情は若干和《じやつかんやわ》らいでいるように見える。

恐るべし、リサのアメちゃん。

「まさかアメがキーアイテムになるとは……」

「この調子でアメちゃんをあげていけばこの子の正体が分かるにゃ！」

「……まあ、その子に関してはリサに任せるよ。それより、報酬をくれないか。それで宿代と今晩の飯代を払うから」

「そうだったにゃ！　はい。これが報酬にゃ」

「ありが――」

俺が報酬である金貨の入った袋を受け取った瞬間だった。

「ごきげんよう、貧乏人《びんぼうにん》の皆《みな》さま！」

女性の声がギルド内に響《ひび》き渡ったかと思ったら、次々と武装した男たちが入って来た。

周囲は騒然《そうぜん》となる。

そりゃそうだ。

現れたのはただの客じゃない。

見るからに育ちの良さそうな金髪碧眼《きんぱつ》の見目麗《うるわ》しいお嬢様《じょうさま》に、周りを取り囲むのはこれまた育ちの良さそうな騎士《きし》たち。店の中に入ってきたのは五人だが、外にもズラリと並んでいる。完全に場《ば》違《ちが》いな連中だ。

しばらく呆気《あっけ》に取られていた冒険者たちだったが、その表情は徐々に険しいものへと変わっていく。

理由は簡単。

周りにいるお嬢様の護衛役を務める騎士たちの目つきだ。

五人の騎士たちの目つきは、まるで俺たちのことを道端《みちばた》に落ちているゴミでも見るかのようだった。

エリート志向が強いみたいだ。……まあ、中心にいるあのお嬢様の「貧乏人」って発言で、それは分かり切っていたことだが。

そのひと際偉《えら》そうなお嬢様は、手に持っていた袋から何かを取り出すと、それを無造作に床《ゆか》へとばらまいた。

それは金貨だった。

「これは挨拶代《あいさつ》わりですわ。受け取りなさい」

「「「「「おお‼」」」」」

ばらまかれた金貨に群がる冒険者たち。

それを見て嘲笑《あざわら》う、お嬢様と取り巻きの騎士たち。

「うわぁ……超《ちよう》感じ悪いにゃ」

冒険者稼業《かぎよう》というのは、決して楽なものじゃない。

その日の飯代と宿代を稼ぐだけで精一杯《せいいつぱい》という者も少なくはない。

そんな、ギリギリの生活を余儀《よぎ》なくされている冒険者たちにとって、ただでもらえる金貨ほど欲《ほ》しい物はないだろう。

それをよく知るリサは、その逼迫《ひつぱく》した生活環境《かんきよう》にある冒険者たちに金貨をばらまき、その姿を見下して悦《えつ》に浸《ひた》っている連中の行動にドン引きしていた。

もちろん、俺もドン引きだ。

恐らく、連中は冒険者の生活実態を知っている。

知っていて、あえてあんな態度を取っているのだろう。

悪趣味《しゆみ》この上ないな。

「いいかにゃ、シェルニ。ああいう大人にだけはなっちゃダメにゃ。これはお姉さんとの大事な約束にゃ」

「ふぁい……」

アメをなめているシェルニにそう教えを説くリサ。まったくその通りだと思う。

……それにしても、惜《お》しいなぁ。

あのお嬢様、見た目は凄く綺麗《きれい》なんだから、性格がもうちょっとお淑《しと》やかだと完璧だと思うんだけど。

年齢《ねんれい》はシェルニより少し上……十七か八ってところか。

鮮《あざ》やかな長い金髪に透《す》き通る白い肌《はだ》。

額に入れられて飾《かざ》られている高価な絵画から引っ張り出してきたみたいな子だな。

お嬢様方は金貨を集める冒険者たちの姿を堪能《たんのう》し終えたのか、高らかに叫《さけ》んだ。

「もっと金貨が欲しいという冒険者は店の前に停《と》めてある馬車に乗りなさい！　このわたくし、フラヴィア・オーレンライトがあなた方へ直々にクエストを与《あた》えますわ！」

どうやら、このお嬢様はクエストの依頼《いらい》にやってきたらしい。さっきのアレは単なる余興ってわけかよ。悪趣味だな。

ただ、それより驚《おどろ》いたのが……あの子の名前だ。

「今あの子……オーレンライトって名乗らなかったか？」

「……名乗ったにゃ。間違いなく名乗ったにゃ」

エルドゥーク王国だけでなく、他国にもその名を轟かせる御三家《ごさんけ》の一角――あの大貴族・オーレンライト家の令嬢《れいじょう》だったということだ。

「いくら名家のお嬢様でも、あれはあまり褒《ほ》められた趣味じゃないにゃ」

「同感だな」

まさか、あれが名高い御三家のお嬢様とはねぇ。

俺とリサは揃って引きつった表情を浮かべながらその光景を眺《なが》めている。

すると、フラヴィアお嬢様は「コホン」と咳払《せきばら》いをした後、もう一度叫んだ。

「今ならひとり金貨二十枚の支度金も与えますわよ！　さらに、クエスト達成者には謝礼をたんまりと弾《はず》みますわ！」

金貨を拾っていた冒険者たちの目の色が変わる。

「マ、マジかよ！」

「すげぇ！」

「さすがは貴族様だぜ！」

大興奮の冒険者たち。

実質タダで金貨二十枚が手に入ると聞けば、参加しない冒険者の方が圧倒《あっとう》的に少数派となる。ギルドに集まっていた多くの冒険者たちは、我先にと飛び出し、馬車へ乗り込もうとギルドから飛び出していった。

中には、「そんな虫のいい話があるものか」と警戒《けいかい》している者も存在するが、そんな判断を下せるのは酸《す》いも甘《あま》いも知り尽《つ》くした地力のあるベテラン揃《ぞろ》いのパーティーくらいなものだ。Ｓランククエストさえこなせる彼らは、そう簡単に金で釣《つ》られたりはしない。

一方、力なき者はせめて支度金だけでもとついていき、力ある者はこれを機に貴族とお近づきになろうと躍起《やっき》になる。

結局、総勢三十人を超《こ》える冒険者たちが、お嬢様の用意した馬車へと乗り込んだ。

「アルヴィンは行かないにゃ？」

「俺はいいよ」

御三家ってことは、今後ガナードたちとつながりを持つのは確実。そんな連中とこれ以上関わりを持つなんて――

「おい、そこのおまえ」

――嫌《いや》だと思っていたら、近くにいた騎士のひとりが俺に声をかけてきた。

他の連中とは違った装備をしていることから、どうやらこいつが親衛隊のリーダーを務めているらしい。年齢はあっちにいるフラヴィアお嬢様と同い年くらいか。

「随分《ずいぶん》といい剣を持っているじゃないか」

「……そりゃどうも」

狙いは俺の魔剣のようだ。

「他の連中に比べて、随分と綺麗な身なりをしているじゃねぇか。冒険者になってどれくらいになる？」

「冒険者としては、今日初めてダンジョンに潜った」

「ほう……つまり素人《しろうと》ってわけか」

青い髪《かみ》の騎士は、ニタニタと薄《うす》ら笑いを浮かべながら続ける。

「駆《か》け出しの冒険者にしては、不釣《ふつ》り合いな装備じゃないか？」

「この剣は師匠の形見なんだ。その証拠《しょうこ》に、剣以外の装備はたいしたことないだろう？」

「どうだろうなぁ。こちらの目を誤魔化《ごまか》すためのカモフラージュかもしれん。こちらで詳《くわ》しく調べるから寄越してもらおうか」

……なるほど。

それがこいつの手口か。

「断る。じゃあ、俺は宿に戻るから――」

「待て」

ギルドから出ようとしたが、青髪の騎士他ふたりに阻《はば》まれ、足止めを食らった。俺が魔剣を手放さない限り、帰すつもりはないのだろう。

それがたとえ……どんな卑劣《ひれつ》な手段であったとしても。

「どういうつもりか知らないが、俺は――」

穏便《おんびん》に済ませようとしていた俺だが、先に我慢《がまん》の限界を超えたのは、カウンターから俺たちのやりとりを見ていたリサだった。

「おまえらいい加減にするにゃ！」

そう叫ぶと、リサは受付カウンターから飛び出してきて男へと詰《つ》め寄る。

「さっきから黙って聞いていれば、なんなのにゃ！　人の店に大勢でやってきたと思ったら迷惑行《めいわくこう》為《い》を連発するし、おまけに難癖《なんくせ》つけて武器を取り上げようとするなんて、そんなのただの盗人《ぬすっと》行為にゃ！」

「なんだと……？」

青髪の男はゆっくりとリサへと近づく。

「この俺が盗人だと？」

「そうにゃ！」

強く言い切るリサ。

その横にいるシェルニは今にも泣き出しそうなくらい震えていた。

もうそれくらいにしておけ、と俺が止めようとして近づく――と、

「黙れぇ！」

パァン！

男はリサの頬を力いっぱいはたく。

「たかがギルドの受付嬢ごときが、この俺に意見するなんて生意気なんだよ！」

はたかれた衝撃《しょうげき》でリサは倒《たお》れ、近くのテーブルに頭を強く打ちつけた。

水を打ったような静けさに包まれるギルド。

「リサ！」

それを引き裂《さ》くように、俺はリサの名を叫び、大慌てで駆け寄るとそっと抱《だ》き上げる。

呼びかけに対する反応はないが、息はある。

どうやら頭をぶつけた時に気を失ったようだ。深い傷ではないようだが、側頭部を切ったらしく、

出血もしていた。

他のギルド職員や冒険者もようやくハッと我に返り、駆け寄ってきたので、俺はリサを彼らに預け、立ち上がる。

「あら？　何かあったの、ハミル」

「問題ありませんよ、フラヴィア様。ただ、うるさく周囲を飛び回っていた羽虫を追い払っただけの話です」

「そう。ならいいですわ」

フラヴィアと、ハミルと呼ばれた青髪の騎士はこちらをバカにするようにわざとらしく大きな声で話していた。

「…………」

俺は無言のまま、ハミルへと向かって歩く。

それに気づいた取り巻きの騎士のひとりが、行く手を遮《さえぎ》った。

「なんだぁ？　なんか文句でもあるのか？」

「どいてくれ。俺はそっちのハミルってヤツに用があるんだ」

「あ？　気安く親衛隊長を呼び捨てにしてんじゃねぇよ！」

取り巻きの騎士が殴《なぐ》りかかってくる。

ただ、それだけ振りが大きくちゃ、避《よ》けてくれと言っているようなものだ。俺はそのパンチをかわして足払《あしばら》いをする。

「ぐあっ⁉」

盛大《せいだい》にすっ転んだ取り巻きの騎士。

かなり強めに顔面を床に叩きつけたせいで、鼻血が出ていた。

「貴様ぁ！」

怒《いか》りが頂点に達したのか、とうとう剣を抜いた。

ギルド内が再び騒然となる。

そうなってくると、こちらも対応を変えざるを得ない。

「うおおおおお！」

斬《き》りかかってくる取り巻きの騎士。

だが、いくらなんでも大振りがすぎる。

怒りで冷静な判断力を失っているのか、それとも俺の実力をだいぶ下に見積もったか、ともかくそんな技量では当たる方が難しいというものだ。

俺は魔剣を抜き、騎士の剣を弾《はじ》き飛ばす。

「⁉」

相手は何をされたか、一瞬分からなかったようだが、天井《てんじょう》に突き刺さった自身の剣を見て、何が起きたのか把握《はあく》したようだ。

「なっ⁉　バ、バカな⁉」

天井に刺さった剣を眺めながら呟《つぶや》く取り巻きの騎士。

だが、彼はすぐに背後の冷たいふたつの視線に気づいて、恐る恐る振り返った。視線の正体はフラヴィアとハミルだった。

「ふん！　あのような者におくれを取るとはな……親衛隊の恥《はじ》さらしめ！」

ドガッ！

ハミルはリサの時とは違い、取り巻きの騎士を拳《こぶし》でぶん殴った。そいつは盛大に床を転げ回った後、今度はフラヴィアと目が合った。

「フ、フラヴィア様……」

「リチャード……今までご苦労様。あなたは今日限りで親衛隊をクビですわ」

「!?」

即決《そっけつ》の解雇《かいこ》通告に、リチャードと呼ばれた騎士は放心状態。

そりゃあ、五分くらい前までは華《はな》やかな騎士の道を歩んでいたのに、剣を飛ばされたくらいでクビを告げられたら、そんな顔もしたくなるよ。

とりあえず、俺はもう用済みだろうからリサのところへ戻ろうとするが、

「おいおい、このまま何事もなく終われると思っているのか？」

ハミルがそう言って、俺を制止する。

「オーレンライト家の親衛隊をコケにして、ただで帰れると思っているのか？」

「吹《ふ》っ掛《か》けてきたのはそっちだ。さっきのは正当防衛だろ」

「はっ！　いい度胸じゃねぇか」

「何をやっているんですの！」

ハミルとの会話に、フラヴィアが割り込んできた。

「このわたくしに逆らおうとする愚《おろ》か者にさっさと教えて差し上げなさい。今自分がしている行為が、いかに愚かであるかを」

「ははっ！」

なんだよ、それ。もうめちゃくちゃくちゃだ。

だが、そんなめちゃくちゃはこいつらにとって常識のようだった。

フラヴィアからの命を受けたハミルは剣を手にする。

「バカな男だ。大人しくその剣をこちらに渡していれば、あの猫耳女《ねこみみ》も含《ふく》め、誰も怪我をしなかったのに」

「……ああ、そうだな。その点については、確かに後悔《こうかい》しているよ」

「なんだ。ちゃんと俺との実力差はわきまえているようだな」

「違う」

どういう解釈《かいしやく》だよ。

俺が言いたいのは、そんなことじゃない。

「あの時、問答無用でおまえを蹴散《けち》らしていたら、リサが傷つくことはなかったってことに後悔しているんだ」

「っ！　上等だ！　表に出ろ！」

ハミルからの申し出を受けて、俺は店の外へと出た。

月明かりに照らされながら、俺とハミルは対峙《たいじ》する。

「許しを乞《こ》うなら今のうちだぞ？」

「その必要はない」

俺は剣を構えて対峙する。

店の窓からは、ギルドの職員やフラヴィアの誘《さそ》いに乗らなかった上級ランクの冒険者たちがジッと見つめている。

一方、向こうはフラヴィアとその周りを囲むオーレンライトの親衛隊に属する大勢の騎士たちの姿があった。さらに、フラヴィアの誘いに乗った冒険者たちは、馬車へ荷物を詰め込む作業を中断し、俺とハミルの戦いに視線を送っていた。

「逃げださずに勝負を受けたことは褒めてやる」

「そりゃどうも」

自信満々のハミル。

負けるなんて微塵《みじん》も思っていないだろうな。

……だったら、最初からこいつを解放しておこうか。

「いくぞ！」

俺が剣を抜いたと同時に、ハミルが仕掛《しか》けてきた。

速い。

それが、初撃の印象だった。

伊達《だて》に親衛隊長の地位を与えられているわけじゃないか。

「おおおおおおおおお!!!!」

豪雨《ごうう》のように降り注ぐ斬撃《ざんげき》。

それを、俺はすべて捌《さば》いていく。

これは魔剣を使うとか使わないとか、それ以前の問題だった。

確かにこのハミルという男の攻撃は速い。ただ、言い換《か》えれば、速いだけだった。素早《すばや》さを追求したことの弊害《へいがい》なのか、一撃の威力は低く、そのスピードに慣れてしまえば簡単に捌けてしまうのだ。

「こ、こいつ⁉」

ハミルの顔から余裕《よゆう》が消えた。

恐らく、彼の想定ではすでに決着がついていたのだろう。

自慢《じまん》のスピードに翻弄《ほんろう》された俺を一方的にいたぶる――きっと、それがハミルの描《えが》いたシナリオだったに違いない。

ところが、実際はその想定とは遥《はる》かに異なる展開となっていた。

「このっ！」

自分の思い描いた通りの結果にならないことへの怒りが爆発《ばくはつ》したのか、雄叫《おたけ》びとともに力いっぱいに剣を振り下ろすハミル。が、動きが大きすぎて見切りやすく、おまけにカウンターも合わせやすかった。

「はあっ！」

「ぐあっ⁉」

ハミルの連撃の隙《すき》を突き、俺はヤツの連撃を弾き返した。

それにしても、さすがは親衛隊長だ。

さっきのリチャードってヤツと同じように、剣を吹っ飛ばすつもりだったが、手放さずしっかり握《にぎ》られている。

「ちぃ！　か、駆け出しの冒険者のくせに、なかなかやるじゃねぇかよ！　だが、お遊びはここまでだ！」

ハミルは剣を構え直す。

遊びは終わり、か。

だったら……俺も魔剣本来の力で相手をしてやる。

そう決めた俺は、魔剣に魔力を注いでいく。

「さて、どいつを試すか」

俺は牽制《けんせい》とばかりに、魔力の質を微妙《びみょう》に変化させ、さまざまな属性を小出しに見せていく。すると、ハミルの顔色がみるみる変わっていった。

同時に、腕《うで》を組んで眺めていたフラヴィアお嬢様の表情も変わる。

腐《くさ》っても名門魔導士《まどうし》一族の血は引いているというわけか……俺の魔剣の性能をいち早く見抜《みぬ》いた

ようだ。

「な、なんなんだ、その剣は⁉」

「魔剣だよ。話くらい聞いたことがあるだろ？」

「⁉　バカな！　魔剣だとぉ⁉」

目を血走らせ、これまでよりもひと際大きな声で叫ぶハミル。なんだ、魔剣だとは知らずに突っかかってきていたのか。

「あ、あり得ない！　聖騎士の中でもごく一部の者しか扱えないとされるあの魔剣を、貴様のような素人冒険者がどうして⁉」

「そう言われてもなぁ……魔剣の扱い方は、その聖騎士から教わったから、使えるようになったんじゃないかな」

「……何？」

今度は静かに驚いているハミル。忙《いそが》しいヤツだな。

「だから、この剣の扱い方はロッド・フローレンスって聖騎士から教わったんだって」

「ロッド・フローレンスだと⁉」

うん？

なんだ、師匠を知っているのか。

「信じられるものか！」

「なら――」

俺が魔剣使いであることを頑《かたく》なに認めないハミルを納得《なっとく》させるため、俺は魔剣を高々と夜空へ掲《かか》げた。すると、黒い剣の周りから、紫 色《むらさきいろ》の魔力がオーラとなって溢れ出る。発光石の埋《う》め込まれた町の街灯の下、魔剣より放たれた魔力が俺の全身を包み込む。

ハミルは愕然《がくぜん》とし、小さく呟いた。

「まさか、本当に……魔族《まぞく》六将のひとり、《氷雨《ひさめ》のシューヴァル》を倒したという、あのロッド・フローレンスが師匠だというのか……？」

魂《たましい》が抜け落ちた状態のハミル。

どうやら信じてくれたようだが……というか、やはり師匠を知っているのか。

聖騎士っていうのは前に聞いていたけど、ここまで衝撃を与える人物だとは思ってもみなかったな。

それから、訂正しておくと、師匠は氷雨のシューヴァルを倒していない。窮《きゆう》地《ち》にまで追い込んだらしいが、結局引き分けたと聞いている。

まあ、ともかく、信じてくれたのなら、勝負を再開といこう。

「それじゃあ、ハミル……続きをしようか」

「ひっ!?」

少し睨《にら》みを利かせると、ハミルはペタンとその場に尻《しり》もちをついてしまい、戦意を喪失《そうしつ》してしまった。

これ以上は、もう歯向かってくることはないだろうと判断し、俺は魔剣への魔力供給をやめて鞘へと戻した。

すると、どこからともなくパチパチと拍手《はくしゅ》の音が。

「素晴《すば》らしいですわ」

オーレンライト家のフラヴィアお嬢様だった。

「親衛隊屈指《くっし》の剣士であったハミルを歯牙《しが》にもかけぬその腕前《うでまえ》……お見事ですわね」

「……急に何のつもりだ？」

「ただ賞賛を送っているだけですわ」

賞賛？

……よく言う。

さっきまでゴミを眺めるような目でこっちを見ていたくせに。

「その強さを認め、あなたをわたくしの親衛隊へ入隊させてあげますわ」

「はあ？」

いきなり何を言いだすんだ、このお嬢様は。あまりに突拍子《とっぴょうし》もない発言をしたものだから、周りの騎士たちもめちゃくちゃ驚いているぞ。

「い、いけません、お嬢様！」

それに抗議をしたのはハミルだった。

「こんな、どこの誰とも分からぬ馬の骨を親衛隊に加えるなど⁉」

「その馬の骨に手も足も出なかったのはどこの誰だったかしら？　おまけに、腰《こし》を抜かすなんてみっともない姿まで晒《さら》して……王国騎士団の副団長を務める御父上《おちちうえ》が知ったらさぞ悲しまれるでしょうね」

「っ⁉」

ハミルの父親って、エルドゥーク王国騎士団の副団長だったのか……だから態度が人一倍デカかったのか。そりゃあ、さっきの失態は知られたくないよなぁ。

ただ、さっきのリチャードってヤツよりかは後ろ盾《だて》が強力みたいだから、俺に負けたくらいじゃクビにはならないだろう。

「いかがかしら？　ハミルを倒した腕前を評価して給金は弾みますし、望むのであれば家や使用人も用意いたしますわよ？」

「随分な厚遇《こうぐう》だな」

「実力はもちろんですが……あなたは聖騎士でもごく一部しか扱えないとされている魔剣を使う剣士。先ほどの条件は妥当《だとう》なものと思えますが？」

ああ、なるほど……魔剣を扱える剣士を近くに置いていることで、ステータスを上げようって魂胆《こんたん》か。

さっきハミルが言っていたが、素性《すじょう》のハッキリしない俺のような男に、御三家の一角を担うオーレンライト家の御令嬢を守る親衛隊の座を用意する……普通《ふつう》なら、尻尾《しっぽ》を振ってその座に腰を下ろすのだろうけど、俺は違う。

「それでも、俺は親衛隊には入らないよ」

キッパリと断った。

「なぜですの⁉」

「ここまでの連中の行いを見る限り、俺とは仲良くなれそうにないんでね」

フラヴィアは俺が断ると思っていなかったらしく、俯《うつむ》き、プルプルと小刻みに震えている。相当頭に来たようだ。

「このわたくしの誘いを断って……どうなるか分かっているんですの？」

ついにはお得意の権力を振りかざしてきたか。

「どうなるかって……そっちの勇敢《ゆうかん》な親衛隊が俺を取り押《お》さえるのか？」

「当然ですわ！　さあ、やりなさい！」

「だったら、俺も手加減はできないな」

俺は周囲の騎士たちを一瞥《いちべつ》し、鞘へと手をかける。すると、それに反応して騎士たちも剣を構えた――が、誰ひとりとして、俺に襲いかかってくる者はいない。

「⁉　な、何をしていますの、あなたたち！　さっさとその男を捕《つか》まえなさい！」

フラヴィアはそう命じるが、誰も動かない。

「早くしなさい！」

がなり立てるが、やはり誰も動こうとしない。

そりゃそうだろう。

この中で一番腕の立つハミルが負けたんだからな。

それにしても、親衛隊を名乗るくらいだからひとりくらい向かって来いよとは思うが……そんな気概《きがい》もないようでは、やはりこの親衛隊でうまくやっていけそうにないな。

「っ〜〜‼」

取り巻きが動きださないことに苛立《いらだ》ちが頂点となったフラヴィアは、「この屈辱《くつじょく》は決して忘れませんわ！」と吐《は》き捨てて馬車へと走る。

「行きますわよ！」

クエストへ参加する冒険者たちを乗せて、馬車は夜の闇《やみ》の彼方《かなた》へと消えていった。

「最後までやかましいヤツだったな。……オーレンライトといえば、名門魔導士の一族として有名だが……あの子も魔導士なのか？」

剣を鞘に収め、重苦しく息を吐くとリサの容体を確認するためギルドへと戻った。

そこで、俺は驚くべき光景を目の当《ま》たり《あ》にする。

「アルヴィン……」

店内に入ると、すぐにリサの姿が目に入った。頭には包帯が巻かれているが、意識は取り戻しているようだ。

そのリサの横に、シェルニの姿があった。

彼女《かのじょ》は目を閉じ、両手をギルド内にあるソファへ横たわっているリサへと向けていた。注目すべきはシェルニの両手。青白く発光しており、その光はまるで粉雪のようにリサの体へと降り注いでいた。

「治癒《ちゆ》魔法……？」

間違いない。

あれは治癒魔法だ。

「もう大丈夫ですよ、リサさん」

「ありがとにゃ、シェルニ。あとで特大アメちゃんを奢《おご》ってあげるにゃ」

リサからそう声をかけられたシェルニは、照れ臭《くさ》そうに目を細める。

しかし、まさか治癒魔法を使えるなんて……。

ほとんどの冒険者が回復や治療《ちりょう》をアイテムに頼っている中で、シェルニのように治癒魔法に長《た》けた存在は貴重といえる。何せ、回復魔法使いは数が少ない上にほとんどが王家専属とか厚遇を受けているからだ。

あの子は……本当に何者なんだ？

◇　◇　◇

ギルドを騒然とさせた騒《さわ》ぎは一応解決し、俺は宿屋へと戻って来た。

……いや、厳密に言うと俺「たち」だな。

リサの治療は終わったが、そのまま寝《ね》てしまったため、シェルニをギルドの空き部屋にでも泊《と》めてやってほしいとお願いしようとしたのだが、言いそびれてしまったので他の職員に尋《たず》ねてみたが、返事は予想通り、「NO」だった。

本来、ギルドで寝泊《ねと》まりもできないことはないのだが、トップであるザイケルさんに無許可ではそれができないらしい。恐らく、リサが起きていても許可しないだろうとのこと。

結局、シェルニの身柄《みがら》は一時的に俺が預かることになったため、仕方なく俺の泊まっている宿屋へ連れてきたのである。

とりあえず、カウンターで本を読んでいたディンゴさんには、まず今日の戦果の報告とギルドに乗り込んできたオーレンライトのお嬢様の話をした。

「あれだけの冒険者を集めるために大金を払う……一体、オーレンライト家はどんなクエストを彼らにやらせる気なのか……」

「そりゃきっと、ドレット渓谷《けいこく》に出たっていうギガンドスの討伐《とうばつ》クエストだろうよ」

「ギガンドス？　巨猿族《きよえんぞく》とも呼ばれるあのモンスターが出たんですか？」

「そうだ。大方、どっかの群れからはぐれてきたのが棲《す》みついたんだろう」

それならば、あれだけの人数を必要としたのも頷《うなず》ける。

……ただ、討伐対象がギガンドスと聞いて逃げだすヤツもかなりの数いそうだが。

「だとしたら、厄介《やっかい》な相手ですね。しかし、なんでまたオーレンライト家がギガンドスの討伐クエストを？」

「明確なことは分からんが……オーレンライト家がエルドゥークの王都へ向かうには、あの渓谷を通るのが一番の近道だからな。通行の邪魔《じゃま》なんだろうよ、きっと」

「なるほど……物流もだいぶ制限されそうですしね」

それだと、クエスト達成難易度は間違いなくB以上……寄せ集めの冒険者たちで対応できるとは思えないな。

「オーレンライト家は躍起になってギガンドスの討伐に乗り出すだろうな。兵力数でゴリ押ししようと冒険者たちに片《かた》っ端《ぱし》から声をかけたようだが……」

「無駄足《むだあし》でしょうね。数を揃えればどうにかなる相手じゃないですよ」

「俺もそう思う。まあ、オーレンライト家に関してはどうでもいいんだが、あそこが常時通行止めになると、訪れる冒険者の数は減るだろうし、そいつらをあてにしているここも大打撃《だいだげき》を受けちまう。ギルドだって、商売がやりづらくなるだろうよ」

……それは大問題だ。

俺としては、このダビンクを第二の人生の拠点地《きょてんち》にしようと思っていたので、客足が減るというのはいただけない。それに、この町ではギルドマスターでリサの父親でもあるザイケルさんにだいぶ世話になった。

あのお嬢様に協力するというのは癪《しゃく》だが、この町に住む商人たちにとって死活問題となるのは確かだ。

そう考えると、このまま放ってはおけないな。

「ああ……ところで……」

突然、ディンゴさんが困ったような顔で視線を俺の真横へ移動させる。

何が言いたいのかはすぐに分かった。

「…………」

俺の上着の裾《すそ》をギュッと掴《つか》んでいる女の子。

今朝、ディンゴさんに働けないか尋ねていた、シェルニだ。

途中《とちゅう》経過を知らないディンゴさんからしたら、そりゃ驚くよなぁ。

「……その子、どうしたんだ？」

「いろいろ事情がありまして……」

事情を掻《か》い摘《つま》んで説明すると、なんとも渋《しぶ》い顔をされた。……なんか、嫌な予感がする。

「悪いんだがなぁ、アルヴィン……部屋がねぇんだ」

やはりそういうことか。

まあ、急な話だったし、断られるのも無理はない。

「分かりました。じゃあ、俺が宿泊《しゆくはく》を予定している部屋にはこの子が寝ます」

「いいのか？」

「一緒《いつしよ》の部屋でというわけにはいきませんからね」

「それはどうかなぁ……？」

相変わらず渋い表情のディンゴさんだが……含みのある言い方だな。

「別に一緒の部屋でも構わんだろ？」

「いや、そういうわけには……」

「うちはその手の行為を推奨《すいしょう》する類《たぐい》の宿泊施設《しせつ》じゃねぇから、防音設備はない。とても薄っぺらい壁《かべ》だ。……ただ、その子は無口そうだし、声量も大きくなさそうだから激しくしても何も問題はないと――」

「…………」

「冗談《じょうだん》だよ。そう怖《こわ》い顔をするなって」

真顔で言われても説得力がない。

ともかく、今日は初クエストやら乱入劇やらあって疲《つか》れたので、早く休みたい。俺は金を払い、鍵《かぎ》をもらうと、それをシェルニに渡した。

「部屋は君が自由に使えばいい」

「えっ？　で、でも……」

「リサの話だと、明日の夕方にはギルドの支配人であるザイケルさんも戻ってくるみたいだし、仕事を探しているなら、あのギルドに住み込みで働くといい。リサも君のことは気に入っている様子だったし」

「は、はい……」

俺から鍵を受け取ったシェルニは、小走りに部屋へと向かっていく――と、その途中でこちらへ振り返り、

「あ、ありがとうございます、アルヴィン様」

ニコッと微笑《ほほえ》み、小さく手を振ってから再び部屋へと進んでいく。

あの子が笑ったところ、今日初めて見たな。

「懐《なつ》かれているな」

「まあ、嫌《きら》われるよりかはマシですかね。ただ、『様』というのはどうも……」

「敬意の表れじゃないのか？」

うーん……口数の少ない子だからなぁ。

実際のところどう思っているかはまったく読めない。

あと、どういった事情でダンジョンに行っていたのか……人のことを言えた義理じゃないが、複雑な事情がありそうだな。その辺は無理に聞き出すよりも、本人が語ってくれるのを待つしかないか。

「あの子はまあ……これから次第だろうな」

「そうですね」

「これからといえば、おまえはどうするんだ？」

「えっ？」

「このまま冒険者として生きるか？」

それもまた魅力《みりょく》的な道だと思う。

ダンジョンって、なんというか男心をくすぐられるものがあるんだよなぁ。

そんな場所と関わりを持って仕事をするというのも、それはそれで楽しそうではあるが、俺には叶《かな》えたい夢があった。

「自分の店を持ちたいと思います」

「ほぉ……なんの店だ？」

「何でも屋……ですかね」

「何でも屋？　ははは、いいじゃないか」

いつもテンションが低い、クールなディンゴさんにしては珍《めずら》しく、歯をのぞかせながら笑う。

「……そんなに変ですかね？　漠然としすぎという点についてはこれからいろいろと考慮《こうりょ》していくつもりですが」

「いや、なんというか……おまえならやれそうだなって感じがするよ」

「ディンゴさんにそう言ってもらえるなんて、お世辞でも嬉《うれ》しいです」

「世辞なんて言えるほど、俺は器用な人間じゃないよ。おまえさんはこれまであちこちに伝手《つて》を作って来たし、きっとうまくやっていけると思うぞ。何より……今のおまえ、あの男のパーティーにいた時よりもずっと楽しそうな顔をしているよ」

その言葉が、胸に刺さった。

たぶん、「楽しそう」に見えるのは、前世の記憶《きおく》が戻ったことも関係しているのだろうと思う。

前世の俺は「選ぶ」ことを放棄《ほうき》していた。

その時の記憶が、俺に新しい道を歩む決意を生んでくれた。もしそれがなかったら、俺は今も救世主パーティーにしがみついていただろう。

今にして思えば、あれがターニングポイントだった。

これからは自分の意思を大切に、やりたいことをやっていく。

店を持つのはその第一歩だ。

今日だって、魔石収集のクエストは疲れたが……前世の夢を見ていた時に感じたネットリとまとわりつく疲労《ひろう》じゃなく、スカッと爽《さわ》やかな疲労に感じた。

これからも、こんなふうに仕事ができるようになりたいと切に思う。

「まあ……慌てずマイペースにやっていきますよ」

「そうだな。それがいい。どうだ……これから一杯《いっぱい》やらないか？　奢るぞ」

「ありがとうございます。いただきます」

この日飲んだ酒は、今まで飲んだどの酒よりもうまく感じた。

幕間② Side:救世主パーティー

アルヴィンが初めて単独でのクエストを成功させた日の数日前。

新しいメンバーが加入した新生救世主パーティーは新しいクエストに挑《いど》んでいた。

その内容は森林に棲《す》みついたゴブリンの討伐《とうばつ》。これまでの実績からすれば、なんの苦労もなく達成できる簡単なものだ。

「ギーッ！」

深い森の中を歩いていると、茂《しげ》みから突如《とつじょ》ゴブリンが襲《おそ》いかかってくる。

「おらぁ！」

ガナードはそれらを聖剣《せいけん》で片《かた》っ端《ぱし》から斬《き》り捨てていった。

その左右を、タイタスと新メンバーのラッセがフォローに回っている。三人の背後は魔導士《まどうし》のフエリオと、ラッセと同じく新メンバーとして新たにパーティーへ加わったミーシャが後方支援《しえん》を務めていた。

完璧《かんぺき》な布陣《ふじん》。

隙《すき》など微塵《みじん》もない。

それどころか、役立たずの魔剣使いことアルヴィンが抜《ぬ》け、新たに有能なふたりのメンバーが入ったことで、以前より強化されている。

ガナードにはその絶対的な自信があったし、実際、ここまで来るのに一切《いっさい》の苦労なく、アルヴィンを連れている時よりも確実に素早《すばや》く進んでいた。

「ふん！」

剣先《けんさき》についたゴブリンの血を払《はら》うため、ガナードは力いっぱい聖剣を振《ふ》る。ビチャッという音を立てて、近くにあった木の幹が血で赤く染まった。

「楽勝っすね、ガナード様」

新入りのラッセが媚《こ》びた笑《え》みで言う。

「へっ！　物足りないくらいだぜ！」

「見事なものだな、ガナード」

「悪いなぁ、タイタス。出番を奪《うば》っちまってよ」

仲間たちから賛辞を贈《おく》られたガナードは気力と自信に満ち溢《あふ》れていた。

「それにしても、いいクエストを探してきたじゃねぇか、ミーシャ」

「ふふん！　それほどでもあるわよ♪」

今回のクエストを冒険者《ぼうけんしゃ》ギルドで見つけてきたのは、アルヴィンの穴埋《あなう》めとしてパーティーの雑務を担当する情報屋のミーシャだった。

「たかがゴブリンの討伐クエストにAランクをつけるなんて……よっぽどここの冒険者はレベルが

低いのね」

呆《あき》れたようにフェリオは言うが、ガナードの方は上機嫌《じょうきげん》だった。

「その方が俺《おれ》たちにとっちゃ好都合だ。たいしたクエストでもねぇのに、大金が転がり込んでくるんだからよ！」

「とはいっても、金なんか使わなくても周りがいろいろとお膳立《ぜんだ》てしてくれるから、貯《た》まる一方なんすよね」

「だが、金には魔力がある。こいつをバラ撒《ま》けば、大抵《たいてい》のヤツは俺たちにひれ伏《ふ》す。それを、遥《はる》か高みから眺《なが》めるのもまた一興だ」

「さすがっすねぇ、タイタス様！　俺も早くその域に到達《とうたつ》したいっす！」

ラッセはとにかくパーティーのメンバーを持ち上げた。実力としては、魔剣を解放したアルヴィンの足元にも及《およ》ばないのだが、常にメンバーを褒《ほ》めることで自らの居場所を確保し、救世主メンバーというブランドがもたらす恩恵《おんけい》を受けていた。

そんな思惑《おもわく》が交差する中、一同はさらに森の奥へ。

「そろそろヤツらの根城に到着《とうちゃく》か？」

周囲を岩壁に囲まれた細い道が続いている。

その先には、古代遺跡《いせき》のようなものがうっすら見えていた。恐《おそ》らく、あそこがゴブリンたちの住処《すみか》だろう。

「クエストの依頼主《いらいぬし》はあの古代遺跡《いせき》の調査を行いたいらしいから、遺跡を壊《こわ》さないようにゴブリンを倒してくれとのことだったわ」

「お安い御用《ごよう》だ」

五人は遺跡に向かって細い道を直進――すると、

「ギギッ！」

頭上から声がした。

「あ？」

ガナードたちが見上げると、岩壁の上から、少なく見積もっても百体以上はいるゴブリンたちが見下ろしている。さらに、そこにはゴブリンたちが用意したと思われる巨大《きょだい》な岩石がいくつか並んでいた。

狭《せま》い場所に敵を誘《さそ》い込《こ》んで、優位な場所から効果的な攻撃《こうげき》を与える。

これが、ゴブリンたちの策だった。

「何っ⁉」

「ど、どういうことっすか⁉」

タイタスとラッセは思わぬ事態に動揺《どうよう》。

「どうやら私たちは……あいつらにハメられたようね」

その横で、舌打ちをしながら、フェリオが状況《じょうきょう》を分析《ぶんせき》する。

実は、この森に出現するゴブリンは通常個体に比べて知能がかなり高い。

地形を有効活用し、集団で罠《わな》を仕掛《しか》け、冒険者たちを返り討《う》ちにするのが常套《じょうとう》手段だった。冒険者たちは、「雑魚《ざこ》のゴブリンだから楽に退治でき、それで大金が得られる」と、浅はかな考えでクエストを受けていた。その結果、策にハマって返り討ちにされていたのだ。

これらの情報は、「簡単なクエストのはずなのに成功率が低い」ことに着目し、このクエストを経験した冒険者たちと接触《せっしょく》して情報を集めればすぐに発覚する。それから対策を練って挑めば、今のように慌《あわ》てる必要はなかった。

だが、アルヴィンに替わって情報屋としてパーティーに加わったミーシャはそれを怠《おこた》った。というより、そもそもそのような発想に至らなかった。どんなクエストであっても、聖剣を持つ救世主ガナードのパーティーならば簡単にクリアできると思っていたからだ。

ミーシャの視線がガナードへと向けられる。

「はっ！　雑魚が何匹《なんびき》群がろうが無意味なんだよ！　まとめてかかってこいや！　俺の聖剣で皆殺《みなごろ》しにしてやるよ！」

そこには、ミーシャが期待していたガナードの姿があった。

表情に焦《あせ》りはなく、いつものように聖剣へ魔力を込める。

同時に、眩《まばゆ》い金色の輝きが全身を包んだ。

神に選ばれた聖剣使いしか扱《あつか》えない――光属性の魔法。

今まさに、ガナードはそれを放とうとしていた。

「魔を滅《めつ》する聖剣の光……おまえらの大嫌いなものだ！」

岩壁の上から降り注ぐ巨大岩石を、ガナードは次々と両断していく。

「ふっ、知恵《ちえ》を巡《めぐ》らせようが、所詮《しょせん》はゴブリンの浅知恵《あさぢえ》……その程度、ガナードの前では無意味なんだよ！」

「みたいっすね！」

「私たちも行くわよ！」

ガナードの無双《むそう》ぶりを見たタイタス、ラッセ、フェリオの三人も応戦していく。

追い込まれた状況から、見事に逆転した救世主パーティー。勢いそのままに、ゴブリンたちを倒していった。

自分の強さに酔《よ》いしれながら剣を振るうガナードは、こっそりと背後から近づく黒い影《かげ》に気づかなかった。

「ギギーッ！」

「ぐあっ⁉」

崖上《がけうえ》から岩石に乗って振ってきたゴブリンの攻撃がガナードの右肩《みぎかた》に当たり、その衝撃で思わず聖剣を手放してしまった。

「し、しまった⁉」

地面を転がっていく聖剣。

光属性の結界魔法に覆《おお》われているため、救世主以外は手を触《ふ》れることさえ叶わないので盗難《とうなん》の心配はない。しかし、いくら知能があるとはいえ、ゴブリンごときに武器を弾かれたという事実が、ガナードのプライドをひどく傷つけた。

「こいつらぁ……死ねっ‼」

落ちていた聖剣を拾って、再び暴れ始めるガナード。

しかし、

「ぬおっ⁉」

今度は背中に激痛が走る。

「⁉　ガナード⁉　背中に矢が！」

フェリオの叫び声で、ガナードは自身の身に起きたことを知る。自分の目では見えないが、どうやらゴブリンの放った矢が背中に当たったらしい。

「クソが！　──っ⁉」

振り返ったガナードは戦慄《せんりつ》する。

岩壁で挟《はさ》まれた細道の向こうから、多くのゴブリンたちがこちらへ矢を向けている。その矢の先《せん》端《たん》は紫色に変色していることから、毒矢であることが分かった。

「あ、あいつら……！」

ゴブリンたちは岩石による攻撃が失敗に終わった時のために、毒矢による遠距離《えんきより》からの攻撃を用意していたのだ。

聖剣を構えようとするガナードだったが、毒矢の影響《えいきよう》によって全身が麻痺《まひ》し、呼吸さえも苦しくなる。

「ガナード！　一旦《いったん》退《ひ》くぞ！」

タイタスが叫ぶも、毒矢の効果で呼吸困難に陥《おちい》っているガナードには返事ができなかった。

「ちいっ！」

タイタスはガナードを担《かつ》ぎ上げると、他の三人にも指示を出し、撤退《てったい》を始めた。

背後から、ゴブリンたちの勝ち鬨《どき》ともいえる雄叫《おたけ》びが聞こえてきた。

「あいつらぁ……」

屈辱《くつじょく》にまみれた敗走の中で、ガナードは悔《くや》しさに歯ぎしりをするのだった。

◇　◇　◇

「ミーシャ！　どういうことだ！」

宿へ戻り、フェリオの解毒《げどく》魔法で回復したガナードは、今回の作戦の失敗を引き起こしたミーシャを責めた。

ゴブリン討伐の失敗。

それは救世主パーティーを結成して以来最大級の失態であった。

「ただのゴブリン狩《が》りって話だったよなぁ？」

「そ、そうだと思ったんだけど……」

今回のミスは明らかにミーシャの情報不足が招いたこと。

ミーシャからすれば、誰もが一目を置く救世主ガナードなら、あれくらいの逆境は簡単に撥《は》ねのけてくれるものだと思っていた。

しかし、実際はゴブリンの仕掛けた罠を見破れず、おまけにそれが原因で生じた圧倒的不利な状況をひっくり返すことさえできなかった。

だが、パーティーの面々はミーシャの情報不足が招いた事態という共通認識《にんしき》があり、先ほどのクエスト失敗から何かを学ぼうという姿勢は微塵もなかった。

そんな中、長くパーティーを組んでいるタイタスとフェリオは、ゴブリンとの戦闘に関して少し腑《ふ》に落ちない点があった。

「ガナード」

「あん？　なんだよ、タイタス」

「聖剣に何かあったのか？」

「は？　どういう意味だよ」

「これまでも似たような状況は何度かあったが、あんたの聖剣の力で乗り越《こ》えることができた……でも、アルヴィンを追い出すきっかけになったトロール戦の時から、聖剣の放つ魔力が弱まってきているように感じるんだけど」

「!?」

それは、実際に聖剣を扱っているガナードも感じていたことだった。

しかし、弱まっているとはいえ、威力《いりょく》絶大の光魔法。

その光魔法を扱える世界で唯一《ゆいいつ》の存在であることには違いなかった。

「……気のせいだろ。それより、次のクエストだ。今度はもっとデカい町でSランクの任務に挑むぞ。それでこれまでの失態を取り戻す」

「あ、そ、それなら、ダビンクって商業都市の近辺にギガンドスが棲みついているから正式に討伐クエストを申請《しんせい》するって話を聞いたわ！　しかも、オーレンライトが直接クエストを出したらしいのよ！」

「ほぉ、噂《うわさ》の御三家《ごさんけ》の一角が絡《から》んだ案件か……よし！　なら次はそこだ！」

ガナードは、無理やり話題を変えて聖剣の力が弱まっていることを誤魔化《ごまか》す。

この判断を後悔するのはまだ先のことだ。

第三章　初めての討伐《とうばつ》クエスト

THE EXILED SWORDSMAN MERCHANT GROWS UP AT HIS OWN PACE

「……飲み明かしてしまった……」

結局、宿屋に併設《へいせつ》しているバーでディンゴさんと朝まで飲んでいた俺《おれ》……しかし不思議と二日酔《ふつかよ》いにはならなかった。

あの時飲んだ酒……アルコールもそんな強くなかったし、ちょっとパンチの利《き》いたジュースって印象だったな。酒好きには物足りないのだろうが、それほど強くない俺にとっては、あれくらいがちょうどいい。

「朝まで付き合わせて悪かったな」

「いや、俺も盛り上がって時間を忘れちゃいましたから……」

こんなに楽しく酒を飲むのなんて、初めてのことだったからなぁ……と、ロビーにあるソファに腰《こし》をかけながらまったりしていると、

「おはようございます、アルヴィン様」

声をかけてきたのは昨夜俺の部屋で寝《ね》たシェルニだった。

「やあ、よく眠《ねむ》れたか？」

「は、はい。あの……ありがとうございました」

ペコリと頭を下げるシェルニ。

一夜明けたということもあるのか、これまでの無口が嘘《うそ》のように話が滑《なめ》らかに進む。話し方にまだ遠慮《えんりょ》は見られるが、とりあえず前進か。

しかし……俺としては今すぐ訂正《ていせい》してもらいたいことがひとつあった。

「そのアルヴィン様っていうのはなんとかならないか？」

それだ。

どうにも、この呼ばれ方はしっくりこない。

というわけで、まずは呼び方を直してもらおうとしたが、シェルニとしては何か引っかかりがあるようで、「えっ？」と小さく呟《つぶや》いた後、カクンと首を傾《かし》げた。

「あ、あなたはダンジョンで何もできず、困っていたところを助けてくださった私の命の恩人なのですから……」

直す気はさらさらないようだ。

まあ、こうなったら俺が慣れるしかないか。

じゃあ……そろそろ本題をぶつけてみるか。

「君は昨日、なぜあのダンジョンにいたんだ？　それも、一切《いっさい》の武器や防具を持たず。さすがにあれは無謀《むぼう》すぎるぞ」

「そ、それは……」

そこで、やはりシェルニは黙《だま》ってしまった。

話したくないというよりは、何か、葛藤《かっとう》のようなものを感じる。

ただ、この子は……悪い子じゃない。

根拠《こんきょ》はなく、直感だが、妙《みょう》に確信めいた直感ってヤツが働いていた。

「……分かった。とりあえず、君の素性《すじょう》については一旦《いったん》保留にしておこう。昨日も言ったが、今日の夕方にはギルドマスターのザイケルさんが帰ってくる。その時は……すべてを語ってくれ。君の今後の身の振《ふ》り方を考えるのは、それからだ」

「は、はい……」

「よし。なら働くための予行練習として、昼になったら部屋でぐっすり寝ている俺を起こすクエストを与《あた》える」

「えっ？」

俺の突然《とつぜん》の提案に、シェルニは目を丸くする。

「君にとってこの町での最初の仕事だ。報酬《ほうしゅう》はとりあえず金貨一枚。起きない時はベッドから引きずり下ろしていいから。なんだったら頬《ほお》に一発強烈《きょうれつ》なビンタをかましてくれたって構わない。とにかく、どんな方法でもいいから起こしてくれ。いいかな？」

「は、はい！」

「じゃあ、よろしく」

シェルニは仕事を与えられたことが嬉《うれ》しかったらしく、瞳《ひとみ》を輝《かがや》かせながらロビーにあるイスへ座《すわ》る。たぶん、あそこで昼まで待つつもりなのだろう。

俺はこっそりディンゴさんに金を払《はら》い、あの子の朝食としてサンドウィッチを作ってもらうことにした。

用件を伝え終えると、二階の部屋へ入りそのままベッドへダイブ。

大きなあくびを一発挟《はさ》んでから、静かにまぶたを閉じた。

◇　◇　◇

どれほど寝ていただろうか。

ふと、窓の外が騒《さわ》がしくなって、目が開く。

「なんなんだよ……」

寝起《ねお》きでシャキッとしない頭を無理やり持ち上げて、軽く伸《の》びをしてから大きなあくびをする。騒ぎの原因を知るため、窓から外を覗《のぞ》こうとした時だった。

ドンドンドン！

突如《とつじょ》、部屋のドアが激しくノックされる。

「起きてください、アルヴィン様！」

声の主はシェルニだった。

その様子から、ただ事ではないと察した俺はすぐに部屋の外へ出る。

「どうした？　何があったんだ？」

「と、とにかく大変なんです！　すぐ下へ来てください！」

大慌《おおあわ》てのシェルニに腕《うで》を引っ張られながら一階へ向かうと――そこには凄惨《せいさん》な光景が広がっていた。

屈強《くっきょう》な冒険者《ぼうけんしゃ》たちが、苦悶《くもん》の表情を浮《う》かべながらロビーの床《ゆか》に寝転《ねころ》がっている。それもひとりやふたりという数ではない。どうやら、彼《かれ》らは休むためのベッドを求めてこの宿屋に押《お》しかけてきたようだ。

よく見ると、彼らは、

「……オーレンライトのお嬢様《じょうさま》が連れていった連中じゃないか」

金貨をばら撒《ま》き、冒険者たちを引き連れていったフラヴィア・オーレンライト……彼女《かのじょ》はドレット渓谷《けいこく》に棲《す》みついた巨大《きょだい》な猿形《さるがた》のモンスター――ギガンドスの討伐に向かったはずだが、この様子だと大失敗だったみたいだな。

俺は近くにいた、比較《ひかく》的軽傷の男に声をかけた。

「お嬢様たちはどうした？」

「どうしたもこうしたも……俺たちはとにかく逃《に》げるので精一杯《せいいっぱい》だったから……何も分かりゃしねえよ」

投げやり気味に答える男。すると、その横で倒《たお》れていた男が、頭を上げ、こちらを見つめながら話し始める。

「あいつら……俺たちを盾《たて》にしやがった……」

「盾？」

「俺たちを先行させて、ギガンドスの注意を引きつけた後、王国騎士《きし》団の砲撃《ほうげき》隊が俺たち諸共《もろとも》吹《ふ》っ飛ばそうと大砲《たいほう》を撃《う》ってきやがった……それでこの有様よ」

「そんな……それで、クエストは達成できたのか？」

「仕留め損《そこ》ねたよ……くそっ！　最悪だ！」

倒れている男に代わり、軽傷の男がそう説明する。

だが、もしその通りだとすれば……オーレンライト家だけではなく、エルドゥーク王国騎士団も相当アレだな。

でも待てよ……冷静に考えたら、エルドゥーク王国の騎士団が、本当にそんな非人道的なマネをするとは思えないな。

以前、商人としての仕事で、何度か分団長クラスと話をしたことがあるが、そのような行為《こうい》をする可能性がありそうな人に心当たりはない。むしろみんな非常に意識が高く、真面目《まじめ》な印象を受けていた。

何か、キナ臭《くさ》いな。

騎士団の中に、手柄《てがら》を欲《ほ》しがるあまり非人道的な手段に出たヤツがいるか……或《ある》いは、オーレンライト家が関与《かんよ》しているのか。

「…………」

俺は無言のまま宿屋の出口へと向かう。

すると、

「どこへ行く気だ、アルヴィン」

ディンゴさんがそう尋《たず》ねてくる。

「ちょっと……害獣駆除《がいじゅうくじょ》のクエストを受けに行ってきます」

まさか、ここまで危険なクエストになっているなんて。

これ以上、怪我人《けがにん》を増やすわけにはいかない。

最初は、クエスト達成はこの町のためであると考えていたけど、冒険者をまるで捨て駒《ごま》のように扱《あつか》う騎士団のやり方には納得《なっとく》がいかない。

俺は宿屋をあとにしようとするが、急に服を引っ張られて足を止める。犯人は、先ほど初クエストを終えたばかりの銀髪《ぎんぱつ》少女シェルニだった。

「シェルニ？」

「…………」

無言のまま俯《うつむ》くシェルニ。

行くな、と抗議《こうぎ》しているようだ。

「心配ない。戻《もど》ってきたら、ちょうどザイケルさんも帰っている頃《ころ》だろうから、一緒《いっしょ》にギルドへ行こう」

「違《ちが》います……私も連れていってください！　必ずお役に立ちますから！」

えっ？

まさかの申し出に、俺は一瞬《いっしゅん》固まった。

「いやいや、ダメだよ。これから行くところはとても危険なところなんだ」

相手は巨大猿形モンスターのギガンドス。

正直、ダンジョンの入り口付近で怯《おび》えていたシェルニには過酷《かこく》すぎる。

「そっちの兄ちゃんの言う通りだ、お嬢ちゃん」

「そうだ。あそこへは行かない方がいい」

「というか、兄ちゃんもひとりで行くのは危険だぞ」

「野次馬根性《やじうまこんじょう》で足を踏《ふ》み入れると痛い目を見るぞ」

周りの負傷した冒険者たちも危険だと諭《さと》す。ついでに、俺の身の心配まで……よっぽど怖《こわ》い目にあったんだな。

「わ、私は……戦うことは無理でも、守ることはできます！」

これまでになく、強引《ごういん》に自分の主張を押し通そうとするシェルニ。

戦うことは無理でも守ることはできる。

その言葉の意味は、昨日リサを治療《ちりょう》した治癒魔法《ちゆまほう》のことだろう。

確かに、ヒーラーがいてくれた方が戦闘《せんとう》に専念できるから、本音を言うと、いてもらいたいところだ。

「お、お願いします！」

これまでに聞いたことがない、シェルニの大声。

悲壮感《ひそうかん》さえ漂《ただよ》うが……なぜこうも必死なんだ？

そう思った時、俺の服を掴《つか》む彼女の手が震《ふる》えていることに気づいた。

そこで、察する。

シェルニは居場所を求めているのだ。

自分がここにいるための証《あか》しというか、理由が欲しいのだろう。

「……分かった。一緒に行こう」

「っ！　あ、ありがとうございます！」

そんな目で訴《うった》えられたら、断り切れないよなぁ。

まあ、相手がギガンドス一匹《ぴき》なら、俺ひとりでもどうにかなるだろうし、危険な目に遭《あ》わないよう気をつけていればいいか。

こうして、道中の仲間をひとり増やし、ドレット渓谷を目指して宿屋をあとにしたのだった。

◇◇◇

ドレット渓谷はエルドゥーク王国騎士団が陣取《じんど》っていた。

ピリピリとした空気が充満《じゆうまん》し、誰《だれ》もが殺気立っているように見える。

「ア、アルヴィン様……」

この雰囲気《ふんいき》に気圧《けお》されたシェルニが俺の腕にしがみつく。やっぱり、連れてきたのは間違いだったかな。

そんなことを考えていると、ひとりの騎士が俺のもとへやってくる。

周りに騎士を引き連れた中年の男……こいつが隊長か？

「何者だ、貴様」

「ここでギガンドス討伐クエストをやっていると聞いたんだが」

「なんだ？　噂《うわさ》を聞いて飛び入り参加でもしようっていうのか？」

「そんなところだ。で、あんたがここの責任者か？」

「ああ、隊長のナイジェルだ。クエストに参加したいというなら、そこで少し待っていろ。間もなく次の駒《こま》が来る」

「駒？　どういう意味だ？」

「っ！　ああ、いや、なんでもない」

明らかに「しまった」って顔しながらとぼけてもねぇ……。

「と、とにかく！　クエストに参加したいというならそこで大人しくしていろ！」

取り巻きの騎士たちと共に去っていく、ナイジェル隊長。

……これは、予感的中と見ていいかな。

気になったのは、ヤツの態度だ。

事情を説明してくれた冒険者の男が言っていた通りの行為が行われているとして、もしそれが騎士団からの命令だったり、オーレンライト家の指示ならば、巨大な後ろ盾《だて》がある分、ナイジェル隊長はもっと強気な態度を取っていたはず。

それが、こそこそ、まるでやましいことをしているような感じ……もしや、オーレンライト家が集めた冒険者たちを、あの男が独断で囮《おとり》に使用しているのか？

大方、デカい戦果をあげてのし上がってやろうという野心から、功を焦《あせ》って強引な策を取っているといった感じか。領主であり、御三家《ごさんけ》に名を連ねるオーレンライト家が絡《から》んだ案件だからっていうことも背景にはあるようだ。

……真相を確かめる必要があるな。

とりあえず、被害《ひがい》が拡大する前に、元凶《げんきょう》であるモンスターを討伐しておくか。

「行くぞ、シェルニ」

「えっ？　で、でも、ここで待っていろって……」

「俺たちだけで倒す。サポート、頼《たの》むぞ」

「！　は、はい！」

シェルニもヤル気を出してくれたみたいで何よりだ。

それじゃあ、新生パーティーの初仕事といくか。

モンスターが出現したとされる場所を騎士に聞き、俺とシェルニはその場所の近くまでやってきていた。

そこは背の高い木々に囲まれた川沿いの道。

少し霧《きり》が出ていて視界が悪い。

「この近辺で目撃《もくげき》されたのが最後らしいが……」

「特に変わったところは見られませんね」

「そうだな。――っ⁉」

話の途中《とちゅう》で、強烈な気配を感じた。

その方向は頭上。

「上か！」

見上げると、木の上からこちら目がけて落ちてくる巨大な足の裏が視界を支配した。あれは間違いなく巨猿《きょえん》ギガンドスのもの。俺たちの存在に気づき、隠《かく》れて機を待っていたってわけか。悪知恵《わるぢえ》の働くヤツだ。

「ちっ！」

俺はシェルニを抱《だ》きかかえて回避《かいひ》しようとする。

だが、その時、頭上にいたギガンドスが、何かに弾《はじ》かれるような格好《かっこう》で方向を変え、地面に顔面から激突《げきとつ》する。

「！　一体何が……」

まだ俺は攻撃《こうげき》をしていない。

それにもかかわらず、敵は吹っ飛ばされる。

その原因は、少し視線をずらした先にあった。

「な、なんとか間に合いましたね」

そこには、両手を天に掲《かか》げ、ニコリと微笑《ほほえ》むシェルニの姿があった。よく見ると、シェルニと俺の周りには、魔力《まりょく》で作り上げたと思われる半球のシールドが張られている。

これは、もしかして――

「今の……シェルニがやったのか?」

「は、はい。私、防御《ぼうぎょ》魔法と回復魔法が得意なんです」

なるほど、これが「守ることができる」という言葉の真意か。

「ど、どうでしょうか。私、お役に立てますか?」

もじもじと自信なさげに尋ねてくるシェルニ。

役に立つも何も……これは想定以上だ。

「ありがとう、シェルニ。君は凄《すご》い子だ」

「っ!」

パッとシェルニの笑顔《えがお》が弾ける。

正直、これは嬉しい誤算だな。

しかし、防御と回復に特化した能力……。だから、丸腰《まるごし》の状態でもダンジョンで怪我《けが》ひとつしなかったってわけか。

「ギャッ！　ギャッ！」

シェルニの意外な才能に驚《おどろ》いていると、防御魔法で吹っ飛ばされたギガンドスが立ち上がって興奮していた。体長はおよそ五メートル。そのくせ、とてもすばしっこく、攻撃を当てることすら厄《やっ》介《かい》な相手だ。

そういうヤツには、

「……通常魔法ではダメだな」

属性魔法での攻撃を考えていたが……作戦変更《へんこう》だ。

俺は魔力を魔剣《まけん》へと込《こ》める。

やがて、剣からは白煙《はくえん》がゆらゆらと立ち込めてきた。

「《無剣》――ヴェアリアス・ブレイド」

属性付きの攻撃魔法を除く、さまざまな用途《ようと》で使われるバラエティーに富んだ魔法――それが無属性魔法だ。

今回俺が使うのは、その中でもこういった、すばしっこいモンスター相手に効果を発揮する拘束《こうそく》魔法。

「さあ……来い！」

こちらへ突進《とっしん》してくるギガンドス。回避されないよう、できるだけ近づけさせてから、魔法を放った。

次の瞬間《しゅんかん》、ギガンドスの両手両足は重り付きの枷《かせ》が装着され、身動きが取れなくなった。

「ギャギャギャッ!」

暴れて壊《こわ》そうというのだろうが、それは力だけでは外れない。それに、その必要はない——なぜなら、

「はあっ!」

その首をこの魔剣で斬《き》り落とすからだ。

吹っ飛んだギガンドスの頭は地面を転がり、そのうち胴体《どうたい》と同じように黒い霧となって消滅《しょうめつ》してしまった。

「す、凄い……」

「大丈夫《だいじょうぶ》か、シェルニ」

「あ、は、はい!」

俺は途中から腰を抜《ぬ》かしてペタンと座り込んでいたシェルニへ手を差し伸べる。

「歩けるか?」

「な、なんとか……うぅ、恥《は》ずかしいです」

「そんなことはないさ。さっきの防御魔法は助かったよ」

「い、いえ、私にはあれしか取り柄《え》がないので……」

謙遜《けんそん》するシェルニだが、あの防御魔法はお世辞を抜きにして凄かった。

あれだけの規模の防御魔法を展開するのは、並大抵《なみたいてい》の魔法使《まほうつか》いではない。

恐《おそ》らく、救世主パーティーのメンバーで魔導士《まどうし》のフェリオと肩《かた》を並べるくらいの精度と評価して

いい。

まったく……末恐《すえおそ》ろしいポテンシャルを秘めている子だ。

そのことをシェルニ本人にも伝えたのだが、どんどん顔が赤くなっていき、しまいには「も、もういいですから～……」とストップがかかった。

「ともかく、これで渓谷に潜《ひそ》むモンスター討伐は終わったな」

「ですね。これで町も平和になります！」

「そうだな。ギルドで待っているリサや冒険者たちにも報告しないと」

「はい！」

元気いっぱいに返事をするシェルニ。

なんか……だいぶ明るくなったな。

最初はまったく喋《しゃべ》ろうとしなかったからどうなることかと心配したけど、これなら意思疎通《そつう》もバッチリ取れる。いいことだ。

俺たちは踵《きびす》を返し、町へ戻る前にあの怪《あや》しい隊長殿《どの》を問い詰《つ》めようと、騎士団が陣取っている場所へ戻ろうとしたのだが、

「――――」

その際、遠くで誰かの悲鳴が聞こえた。

「ア、アルヴィン様！」

シェルニが俺の腕を掴む。

「ああ……分かっているよ」

どうやら猿はもう一匹いたみたいだな。


俺とシェルニは声の聞こえた方向へ走る。

すると、渓谷を流れる大きな川に行き着いた。その岸辺に、先ほど倒した者と同等クラスの大きさをしたギガンドスが二匹《ひき》、騎士団や冒険者たちを相手に大暴れをしていた。

「ダ、ダメだ！　力が違いすぎる！」

「退却《たいきやく》！　退却ぅ！」

冒険者たちはギガンドスとの力の差を目の当《ま》たりにし、撤退《てつたい》を始めていた。

周囲を見回すと、茂《しげ》みに隠れた砲台《ほうだい》がいくつか見受けられる。

あれだ。

あれで冒険者諸共、ギガンドスを吹き飛ばすつもりか。

しかし、暴れ回るギガンドスにとってはそんなことなど関係ない。

背を見せて逃走《とうそう》する冒険者たちを見つめながら、一匹のギガンドスが手近にあった大きな岩に手をかけた。

「！　まずい！」

岩を持ち上げたギガンドス。

その狙《ねら》いは間違いなく、逃げる冒険者たちだった。

「シェルニ！」

「任せてください！　《守護者の盾》――ハイ・シールド！」

シェルニの防御魔法が、冒険者たちを覆《おお》う。すると、ギガンドスの投げた岩は彼らに当たることなく、まるで空中で砕《くだ》けたような格好となった。

「グギャ？」

何が起きたのか理解が追いつかないギガンドス。

その隙《すき》をつき、俺は魔剣の属性を【風】に変える。

「《風剣》――ストーム・ブレイド！」

目には見えない風の斬撃《ざんげき》。それらはギガンドスの巨体《きょたい》をズタズタに引き裂《さ》いた。致命《ちめい》的なダメージを追ったギガンドスは、しばらくフラフラと歩き回った末に、その大きな体を近くの川の中へと投じた。

「ギギャッ！　ギャッ！」

残ったもう一匹は、仲間の敵討《かたきう》ちと言わんばかりにこちらへ突《つ》っ込んでくる。俺は即座《そくざ》に魔剣の属性を【雷《かみなり》】に変える。

「《雷剣》――サンダー・ブレイド！」

一瞬の閃光《せんこう》と轟音《ごうおん》。

魔剣から放たれた雷撃《らいげき》は、バチバチと音を立ててギガンドスの体を貫《つらぬ》いた。

「グガッ……ガッ……」

黒焦《くろこ》げとなったギガンドスは膝《ひざ》から崩《くず》れ落ち、動かなくなった。

とりあえず、終わったかな？

「よくやったぞ、シェルニ。今日は大活躍《だいかつやく》だったな」

「そ、そんな……」

照れ笑いを浮かべるシェルニ。

一方、逃げ惑《まど》っていた冒険者たちは最初こそ茫然《ぼうぜん》としていたが、自分たちが助かったことを知ると俺たちに駆《か》け寄り、次々とお礼の言葉を口にした。

……一応、確認《かくにん》はしておくか。

「あ、ちょっと」

「うん？　なんだ？」

「猿は今のヤツが最後か？」

「へっ？　あ、ああ、俺たちで確認できたのは、さっきあんたが倒した二匹だけだ」

ふむ。

だったら駆除完了《かんりょう》だな。

「なら、これで仕事は終わりだな。あとの処理は騎士団に任せて――」

そう思って、隠してある砲台に身を寄せていた騎士たちに声をかけようとしたが、すでに彼らの気配はなかった。

どうやら、俺たちに追及《ついきゅう》されたら困るようなことがあるらしい。

そういえば、あのナイジェルって隊長がボロを出しそうになっていたからな。

こうなってくると、いよいよあのおっさんが怪しくなってきたな。

とにかく、これでダビンクに迫《せま》っていた危機はひとまず脱《だつ》せられたと言っていい。

俺とシェルニは冒険者たちから感謝されつつ、全員で帰路へとつくのだった。

◇　◇　◇

俺たちがギガンドスの討伐を終えてダビンクへ戻ってきた時には、もう日が沈《しず》む時間帯となっていて、街中はすっかり夜の顔を覗かせていた。

まずはギルドへ行って戦果報告をすることと、ザイケルさんが戻ってきているかどうか確認をしておこう。

そう思って、シェルニを連れてギルドへ行くと、

「アルヴィン‼」

いきなり大声で名前を呼ばれた。

その声の主こそ、俺が今一番会いたかった人物だ。

「ザイケルさん！　戻られていたんですね！」

「おうよ！　大変だったみたいだな！」

「えっ？　……もう知っていたんですか？」

「他の誰でもない、おまえさんのことだからな」

カウンターには、このギルドを統括《とうかつ》するギルドマスター・ザイケルさんの姿があった。

リサと同じ猫《ねこ》の獣人族《じゅうじん》であるため、その頭には可愛《かわい》らしい猫耳《ねこみみ》がついている。

だが、オーバーオールからのぞく肉体はまるで彫刻《ちょうこく》のように鍛《きた》え上げられており、そこにはこれまでの激闘《げきとう》を物語る傷痕《きずあと》がいくつか残っていた。

俺はギガンドス討伐クエストと、それにまつわる騎士団の怪しい動きについて報告しようと思ったのだが、それよりも先にザイケルさんが話し始める。

「しっかし、やっぱり納得できねぇな。アルヴィンほど有能な商人はそうそういないぜ？」

「そうにゃ！」

父であるザイケルさんに引っ張られるように、娘《むすめ》のリサも怒《いか》りをあらわにする。

「救世主ガナードは目ん玉が腐《くさ》っているにゃ！　滅多《めった》に人を気に入ることがないパパがこんなにもアルヴィンをべた褒《ぼ》めしているのに、一体何を考えているにゃ！　ふしゃあ～！」

「まったくもってその通りだ‼」

憤慨《ふんがい》する猫耳親子。

そこまで思ってくれているのは、純粋《じゅんすい》にありがたい。

「ん？　そっちの子は誰だ？　以前おまえが連れてきた救世主パーティーのメンツにはいなかったよな？」

「あ、わ、私、シェルニと言います」

屈強な大男であるザイケルさんを前にしても、きちんと自己紹介《しょうかい》できたシェルニ。えらいぞ。よくできたな。

――って、なんだか父親になった気分だな。俺とシェルニはそれほど年は離《はな》れていないはずなのに……。

と、ともかく、話の流れに乗って、ギガンドス絡《がら》みの件よりも先にシェルニの今後について話をしておこう。

そんなわけで、シェルニについて詳《くわ》しい事情をザイケルさんへ説明し、なんとかここで雇《やと》ってもらえないか尋ねてみた。

「分かった。うちで雇おう」

結果は即決《そっけつ》。

相談しておいてなんだが……早すぎないか？

「おまえからの紹介っていうなら信頼《しんらい》できる」

言いきられてしまった。

信頼をしてくれるのはありがたいんだけどねぇ……ザイケルさんほどの人にそう言われると、ちょっとプレッシャーだよ。

まあ、それは置いておくとして、シェルニの就職先が決まって何よりだ。

「よかったな、シェルニ。今日からここが君の仕事場だ」

「…………」

肩をポンと叩《たた》いてそう告げたが、どうにもシェルニの表情が冴《さ》えない。

今でこそ普通《ふつう》に俺と話ができているが、よく考えるとつい先日までリサと話をするのさえ困難だった子だ。いきなり目の前に現れたムキムキの猫耳おじさんのもとで働けと言われても、ちょっと警戒《けいかい》するかな。

――そう思っていたが、どうやら本心は違ったようだ。

「あ、あの」

少し声を震わせながらも、強い眼差《まなざ》しでシェルニは告げた。

「わ、私……アルヴィン様と一緒にいたいです。私をあなたのパーティーに加えてもらえないでしょうか？」

潤《うる》んだ瞳で俺を見上げるシェルニ。

俺としては、想定していないシェルニからの提案。

俺個人としては……喜ばしい申し出だ。

俺の持つ魔剣は攻撃主体なので、正直、シェルニのようなサポート特化タイプとはめちゃくちゃ相性《あいしょう》がいい。

「にゃっ⁉　アルヴィン！　どうするのにゃ⁉」

興奮しまくって俺の体をグラグラ揺《ゆ》らすリサ。

これ以上されたらグロッキーになりそうなので素直《すなお》に答えよう。

「その申し出は凄くありがたいが……本当に――」

「はい！　アルヴィン様と一緒がいいです！」

食い気味に念押《ねんお》しされた。

「ま、まだ給料もそんなにたくさんあげられないぞ？」

「大丈夫です！」

うっ……なんて強い口調と眼差しだ。

まるで今までとは別人のような意志の強さを感じる。

「……分かったよ、シェルニ」

「そ、それじゃあ！」

「ああ。これからよろしくな」

「はい！　全力で頑張《がんば》ります！」

いつの間にか聞き耳を立てていた周囲からも歓声《かんせい》があがる。

「……すみません、ザイケルさん。相談に乗っていただきましたが……」

「皆《みな》まで言うな。アルヴィン、その子を幸せにしてやれよ」

「はい」

まるで娘を嫁《よめ》にやる父親みたいな口調だ。

ちなみに、本当の娘の方は、「よかったにゃ～……」と言って泣いているけど。

何はともあれ、こうして俺とシェルニはパーティーを組むことになった。

さて、シェルニの件が落ち着いたら、今度は俺の用件だ。

「ザイケルさん、実は空き家を紹介してもらいたいのですが」

「空き家？」

怪訝《けげん》な表情のザイケルさんに、俺はこの町で商売を始めたい旨《むね》を伝えた。

「商売か……いいじゃないか！」

即座に賛成してくれた。

この判断の速さ……ザイケルさんのような一流の商人となるには、こういった要素も必要になるんだろうな。

「正直、おまえさんはそっちの方が向いていると思うぞ。もちろん、魔剣士《まけんし》としてのおまえも一流の腕前《うでまえ》を持っているが、商人としてはそのさらに上を行く超《ちょう》一流になれる資質を持っていると断言できる！」

フン、と鼻を鳴らして頼もしく言い切ってくれる。

俺としても、ザイケルさんからお墨《すみ》付きをもらえるなら自信になるし、そこまで評価してもらえてありがたい限りだ。

「おっと、救世主パーティーで思い出した！」

ザイケルさんは、眉をひそめながら小声で言葉を続ける。

「アルヴィン……これはおまえさんが救世主パーティーから追放されたってことを知る前に得た情報なんだが——元仲間である救世主パーティーのバカどもは、どうも新しいメンバーをふたりも入れたらしい」

「！　ふたりもですか……？」

それはちょっと驚いたな。

新メンバーを入れるとは思っていたけど、ふたりとは。

「俺もどんなヤツか、詳しい情報は知らないが……あまりいい噂は聞かねぇんだ」

リーダーがアレだしなぁ。

まあ、その点については想定内だ。

「しかもあいつら、北の森のゴブリン狩《が》りに失敗して逃げ帰ってきたらしいし」

「北の森のゴブリンを相手に？」

確か、あそこの森のゴブリンは知能が高く、罠《わな》を張ってクエストに挑《いど》む者たちを追い返していると聞いたな。

それにしても、腐っても聖剣《せいけん》に選ばれたガナードが失敗したということは……俺の代わりに入った情報担当者はそうした事前の情報を仕入れ、ゴブリンたちへの対策を何も立てていなかったのか？

……いくらなんでも、そんな訳ないか。

ただ、この敗北による影響《えいきょう》は小さくなさそうだぞ。

「しっかし、ゴブリン相手に敗走したって噂はだいぶあいつらの株を下げたよな」

「確かに……でも、ちょっと信じられないですね」

「やむにやまれぬ事情があったっていうなら別だが……」

ザイケルさんの仕入れてきた情報だから、信憑性《しんぴょうせい》は高い。

……と言っても、実際に現場を見ていないので、どれだけ考えても無駄《むだ》か。それに、ガナードのことを思い出して悩《なや》むなんてマネしたくないし。

とりあえず、ザイケルさんは店舗《てんぽ》として運用していけそうな物件を明日の朝までにピックアップしておくと約束してくれたので、今日はこのままシェルニと共にディンゴさんの宿屋へと戻ることに。

「ふぅ……今日は疲《つか》れたな、シェルニ」

「はい。あ、あの――」

シェルニが何かを言おうとした時、「くぅ～」という可愛らしいお腹《なか》の音が鳴った。

「あっ……」

「ははは、お腹が空《す》いたんだな」

耳まで真っ赤にしたシェルニは、無言のまま頷《うなず》く。

「よし！　じゃあ何かうまい物を食ってから宿へ帰るとしようか」

「ホ、ホントですか⁉　やったぁ！」

無邪気《むじゃき》に喜ぶシェルニ。

この明るさが、本来の彼女の姿なのかもしれないな。

食堂を見つけ、「あそこに入りましょう！」と俺を手招きする様子を微笑ましいと感じながら、俺はそんなことを思うのだった。

幕間③ Side:?.?.?

ギガンドス討伐の指揮官を命じられていた、エルドゥーク王国騎士団のナイジェル隊長は、報告のためオーレンライト家の屋敷《やしき》へ足を運んでいた。

「それで……猿《さる》どもの様子は？」

黒檀《こくたん》の執務《しつむ》机にひじを置き、威圧《いあつ》的な口調と鋭《するど》い眼光をナイジェルへ向けるのは、オーレンライト家の当主であるベリオス・オーレンライトだった。その横には、ひとり娘であるフラヴィアの姿もある。

ナイジェルは脂汗《あぶらあせ》をダラダラと流しながら、今日の戦果を語っていく。

「結果から言いますと……三匹《びき》いた猿の討伐《とうばつ》は成功しました」

「何⁉　本当か？」

「すべてはこの私の指揮通り……いえ、私ひとりの力ではありません。フラヴィア様が集め、私に預けてくださいました多くの猛者《もさ》たちの協力があってこそ」

熱弁を振《ふ》るうこのナイジェル。

実際に討伐したのはアルヴィンとシェルニであるが、ナイジェルはその場を素早《すばや》く撤退《てったい》し、いち早く領主であるベリオスに討伐成功を報告。しかも、それをあたかも自分の手柄《てがら》であるかのように見せ、さりげなくフラヴィアの功績でもあると付け足したのだ。

「そうか。よくやった。騎士団長には、私の方から君の活躍《かつやく》を伝えておこう」

「あ、ありがとうございます!!」

「だがその前に……真意を確認《かくにん》しておく必要がある」

「へっ？」

間の抜《ぬ》けた声を出すナイジェル。

一方、ベリオスは娘《むすめ》のフラヴィアへ目配せをし、それに気づいたフラヴィアは手をパンパンと二回叩《たた》いて「入りなさい」と部屋の奥《おく》に続く扉《とびら》へ声をかける。すると、静かに扉が開き、ひとりの負傷した若い兵士が姿を現した。

「あっ！　お、おまえは！」

彼《かれ》が何者であるか気づいたナイジェルの顔から、一気に血の気が引く。

「彼はわたくしの親衛隊を務める者……ご存じありませんでしたか？」

「そ、それは……」

「では言い方を変えましょう。――あなたの野蛮極《やばんきわ》まりない策のせいで大怪我《おおけが》を負った冒険者《ぼうけんしゃ》のひとり……こう言った方が、あなたには察しやすいでしょうか」

「!?」

ナイジェルは、その場に膝から崩《くず》れ落ちた。

大きな戦果をあげるために仕掛《しか》けた非人道的な策は、オーレンライト家に筒抜《つつぬ》けだったのだ。

「あなたの言動が怪《あや》しかったので、スパイを潜《もぐ》り込ませていたのですが……まさか、わたくしが集めた冒険者たちにあのような仕打ちをするなんて」

「君のやり口はよく分かった。そのことも踏《ふ》まえて、騎士団長にはしっかりと嘘偽《うそいつわ》りなく報告をさせてもらう」

「ぐぅ……」

力なく俯《うつむ》くナイジェル。

そんな彼に、ベリオスは告げた。

「いつまでそこにいる？　とっとと失《う》せろ」

口調こそ静かだが、言葉の端々《はしばし》には明確な怒《いか》りが込《こ》められていた。

ナイジェルは弁明の余地はないと悟《さと》ったのか、ゆっくりと立ち上がり、酔《よ》っ払《ぱら》いのように定まらない足取りで退室した。

「ありがとう、ジャック。今日はもうゆっくり休みなさい」

「はっ」

フラヴィアからねぎらいの言葉をかけられた若い騎士ジャックは、深く頭を下げると部屋から出ていった。

「まさか……集めた冒険者たちを囮《おとり》に使うとは……」

「ひどすぎますわ」

憤慨《ふんがい》するオーレンライト親子。

だが、ふたりは最初からナイジェルの言動を不審《ふしん》に感じていた。

というのも、今回、騎士団がナイジェルに与えた任務はあくまでも偵察《ていさつ》。

フラヴィアが町でかき集めてきた冒険者たちと共に、ギガンドスの数や固体特性を調査し、この後に控《ひか》える本隊への情報提供をするはずだったのだ。

騎士団がナイジェルに預けたのは最低限の武装と支援《しえん》部隊のみだったため、この部隊だけでの決着は不可能だろうとフラヴィアとベリオスのふたりは考えていたのだ。

しかし、ナイジェルが密《ひそ》かに騎士団の倉庫から砲台を持ち出したかもしれないという情報がもたらされて状況《じょうきょう》は一変。

真相を探《さぐ》るために親衛隊を派遣《はけん》し、その結果、ナイジェルの悪事を暴くことができた。

だが、フラヴィアにはさらに引っかかる点がある。

「そういえば、町から冒険者たちを集めるようにとのことでしたが……あれはお父様の指示でしたわよね？」

「ああ……だが、提案してきたのはナイジェル分団長だ」

「そうでしたの。言われた通りに集めましたが、わたくしが直接ギルドへ行く必要はなかったのでは？」

フラヴィアがダビンクにある冒険者ギルドへと出向き、金貨をばら撒《ま》いて集めた冒険者たち。ただ人数をかき集めたいというだけならば、フラヴィアではなく代理の者を用意すればよかったはず。

その理由について、当主ベリオスは静かに語った。

「おまえが今回のギガンドス討伐に参加しているという証明が欲《ほ》しかった」

「討伐参加の証明？　なぜですの？」

「その方が救世主ガナードへいいアピールになるだろう？」

ニタリ、と笑ったベリオスはさらに語っていく。

「おまえと救世主ガナードとの縁談《えんだん》がうまくまとまれば、このオーレンライト家はさらなる繁栄《はんえい》の時代を迎《むか》える。そのきっかけを作ったこの私の名も、未来永劫《みらいえいごう》語り継《つ》がれるだろう……ハイゼルフォードやレイネスにおくれをとるものか」

フラヴィアとガナードの縁談。

それは、娘の将来を思っての結婚《けっこん》ではなく、他の御三家《ごさんけ》であるハイゼルフォード家やレイネス家を出し抜き、国内でも随一《ずいいち》の力を持とうと企《たくら》むベリオスの政略からくるものであった。

「そうですわね……。そのことについては、心得ていますわ」

フラヴィアも、ガナードとの縁談は了承《りょうしょう》していた。

そもそも、直に顔を合わせたことさえないため、ガナードに対して好きも嫌《きら》いもないのだが、オーレンライトという家に生まれた以上、自分に自由がないことは幼い頃から身に染《し》みて分かっていた。

その分、地位と金は山ほどある。

フラヴィアからすれば、それほどいい物には思えないのだが、どうもこの世の中はそのふたつで優劣が決するらしい。

「それにしても、三匹のギガンドス討伐成功自体は本当のようだが、ダビンクにいる冒険者の中にそれほどの実力を持った者がいるとは知らなかった。なんとか捜《さが》しだして、我が家に招き入れたいが……」

「お父様」

「うん？　どうした？」

「今日は少し疲れたみたいですので、そろそろ部屋へ戻りますわ」

「そうか。ご苦労だったな」

「いえ。それでは、おやすみなさい」

ペコリと頭を下げて、フラヴィアは部屋を出た。

自室へ戻ると、そのままベッドへとダイブする。

「はあ……」

思わず、ため息が漏《も》れた。

ガナードとの縁談については今になって騒ぐことではない。

だが、縁談の話が出た時、なぜか真っ先に脳裏《のうり》に浮かんだのはギルドで出会った青年だった。

『あんたを守ろうなんて気はこれっぽっちもないからだ。それと、あんたが冒険者たちにやらせようとしているクエストとやらも、受ける気はない』

あんなふうに冷たい目をして、しかもあそこまで雑な扱《あつか》いを受けたのは、フラヴィアにとって生まれて初めてのことだった。

誰にもどこにも属さない存在。

一匹狼《いっぴきおおかみ》なのかと思いきや、使用人に調べさせたところ、ダビンクのギルドマスターはあの青年に信頼を寄せているらしい。また、ダビンクだけでなく、他の町でも評判がいいらしかった。さらに、最近では若い少女を仲間に加えたという。

フラヴィアはあの青年――アルヴィンのことをもっと知りたいと思うようになっていた。

これまで、自分の言う通りに動かなかった者はいない。

それなのに、親衛隊のリチャードとハミルを一瞬《いっしゅん》で倒したあの青年は平然と断った。それ自体も衝撃《しょうげき》的で忘れがたいのだが、フラヴィアの注目はまったく別のところに向けられていた。

それは、魔剣を使いこなすアルヴィンの並外れた戦闘能力。

「まさか……」

親衛隊とアルヴィンの戦闘を思い出したフラヴィアの頭に、ある考えが浮かび上がった。彼が戦っていたふたりは、騎士団養成所の中でも腕利《うでき》きとして評判の者たちであったが、まったく相手にならなかった。

もしや、ギガンドスの討伐クエストを達成したのは彼ではないのか。

あの青年は、オーレンライト家が用意したクエストを断った。だが、あの時、クエストの詳細《しょうさい》についてはは伝えていない。その後、ギガンドス出現の話をどこかで聞き、独自に討伐へ乗り出した可能性もある。

「魔剣を持つあの冒険者の強さなら……」

脳裏に浮かぶ青年アルヴィンの姿。

途端《とたん》に、フラヴィアの頬《ほお》は自分でもハッキリ分かるくらい熱を帯びた。

「一体……どうしてしまったというの？」

アルヴィンの顔が頭からこびりついて離れない――どうしたというのだろう。こんな変化は生まれて初めてのことだ。

頭が真っ白になって、冷静な思考判断ができない。呪《のろ》いの類《たぐい》かとも疑ったが、それなら屋敷に常《じょう》駐《ちゅう》する父の配下の一流魔法使いが何かに気づくはずだ。

そのうち、なんだか気恥《きは》ずかしくなって、顔を枕《まくら》で覆《おお》うと、ベッドの上をゴロゴロと左右に転がってみる。

時折、変な声が漏れ出てしまったため、廊下《ろうか》にいた使用人から「フラヴィア様、ご気分が優《すぐ》れませんか？」と尋ねられる始末。それに対し、フラヴィアは「問題ありませんわ」と耳まで真っ赤にして答えた。

「アルヴィン……さん」

それからも、フラヴィアは廊下に漏れないよう小さな声でアルヴィンの名を何度も口にする。

「……こうなったら、あの方がギガンドスを討伐したのか、確認をしなければなりませんわね」

フラヴィアは静かに決意を口にするのだった。

第四章　記憶《きおく》の在処《ありか》

THE EXILED SWORDSMAN MERCHANT GROWS UP AT HIS OWN PACE

大猿《おおざる》（×3）を撃退《げきたい》した次の日。

「待っていたぞ、アルヴィン！　シェルニ！」

シェルニと共に冒険者《ぼうけんしゃ》ギルドを訪《おとず》れると、ザイケルさんが暑苦しいくらいの笑顔《えがお》で出迎《でむか》えてくれた。

「おまえにピッタリのいい家があったのを思い出したよ！」

開口一番、依頼《いらい》していた物件について、有力な情報があることを教えてくれた。早速《さっそく》その家のある場所を、町の地図を使って示してくれたが、

「町のメインストリートから少しだけ外れた路地……確かに、商売をするにはとてもいい条件ですね」

メインストリートは町でもっとも活気づく場所だ。

そこからほんのちょっと曲がった場所に、かなり広めの店舗《てんぽ》が空き物件となっている。

……長年世話になっているザイケルさんを疑うつもりは毛頭ないのだが、ちょっと出来すぎじゃないか？

「ここは本当につい最近空き家となったんだ。――おまえのためにな」

「俺《おれ》のために？」

意味が分からず、聞き返した。

「まあ、詳《くわ》しくはこっちの部屋で話そう」

とりあえず、込《こ》み入った話になりそうなので、ギルドの奥《おく》にある応接室へと場所を移すことにした。ちなみに、シェルニはお留守番としてリサの手伝いをすることになった。

それと、昨日はドタバタしていてすっかり話しそびれたが、俺もダンジョンで出会ったあのチンピラたちについて報告をしておかないと。

こうして、俺とザイケルさんは別室へと向かった。


「楽にしてくれ」

ザイケルさんに促《うなが》され、俺はソファへ腰《こし》を下ろす。

すると、いきなりこんなことを聞かれた。

「ニックという鍛冶屋《かじや》を覚えているか？」

「もちろん。とてもお世話になりましたからね」

頑固《がんこ》な、いわゆる昔ながらの職人気質って感じの人だったな。何度も交渉《こうしょう》に行って、パーティー全員分の防具を作ってもらった。最初はとっつきにくい感じの人だったけど、打ち解けてからは普《ふ》通《つう》にいい人だったなぁ。

「実は、三日前、ニックの爺《じい》さんがもう年だから鍛冶屋を引退してのんびり農夫でもやるって言いだしてな」

「えっ⁉　そうなんですか⁉」

「まあ、かなり高齢《こうれい》だったから、俺としても引きとめづらかったんだよ」

「なるほど。しかし、俺のためっていうのは……」

「爺さんが言っていたんだ。『アルヴィンはそのうちパーティーを抜《ぬ》けてここへ戻《もど》ってくる。きっとその時は困っているだろうから、あいつにこの家をくれてやってほしい。オンボロだから住むとなると修繕《しゅうぜん》が必要になるが、しばらくの間、雨風くらいなら防げるだろう』ってな」

「ニックさんが……」

　思わず目頭が熱くなった。

　そこまで俺のことを考えていてくれたなんて。

　あと、救世主パーティーを抜けることを予見していたのもさすがだな。

「あの爺さんもおまえのことを気に入っていたからな。『今時にしては珍《めずら》しい、骨のある若者だ』と語っていたよ」

「そうでしたか……感謝しないといけませんね」

「そうだな。で、肝心《かんじん》の事業計画について、話を聞かせてくれるか？」

「はい。といっても、まだそこまで形になっているわけではないですが」

俺は事業計画の構想を話した。

——なんて、大層なものじゃないな。

ディンゴさんに語ったのと同じような内容だ。

ともかくこの町でどんなことをするのかという簡単な青写真を説明した。正直、反対されるかと思ったが、

「いいじゃないか」

思ったより軽い感じで肯定《こうてい》された。

「……自分で言っておいてなんですが、割とざっくりとした説明だったと——」

「アルヴィン、商売で一番必要なのは信用だと俺は考えている。少なくとも、おまえはもうこの町に住む多くの冒険者たちからの信用を得ているぞ」

「えっ？」

そんな自覚はなかったのだが、ザイケルさんの話によると、俺とシェルニがドレット渓谷《けいこく》でギガンドス三匹《びき》を討伐《とうばつ》したという噂《うわさ》は、俺たちがこの町へ戻ってくる前にはもうほとんどの冒険者に知れ渡《わた》っていたようだった。

どうも、あの戦いを遠巻きに見ていた冒険者がひと足先にダビンクへと帰還《きかん》し、言いふらしていたらしい。

そういった事情込みで、ザイケルさんは商売の成功を確信したらしい。

俺としてはまだまだ詳細《しょうさい》を詰《つ》めていかなければならないと思っているので、当面は冒険者生活を

していくが、ゆくゆくは戦闘《せんとう》を避《さ》けて商売に専念し、マイペースで生きていけるようになれたらいいなぁ程度に考えていた。

と、俺の話はこれでひと段落ついたので、次はシェルニと出会ったダンジョンにいたチンピラたちの件についてだ。

「なるほど。そんな連中がダンジョンにいたとはな」

「もしかしたら、この町のどこかで暗躍《あんやく》をしているのかもしれません」

「正直に話すと……心当たりがある」

マジか。

しかし、明らかに不機嫌《ふきげん》なその顔つきで、大体の現状は察することができた。

「前々からそういった被害《ひがい》報告は出ているが……どういうわけか、連中の尻尾《しっぽ》がまるでつかめねぇんだ」

心底悔《くや》しそうに、ザイケルさんは呟《つぶや》いた。

「俺もいろいろと調べてみます」

「いや、だが――」

「俺だって、もうこの町の住人ですから」

そう言うと、ザイケルさんは押《お》し黙《だま》った。

この町で商売していこうっていうなら、俺にとってもそういった輩《やから》の存在は死活問題になりかねない。

俺はザイケルさんとそう約束し、家の鍵《かぎ》をもらうと、カウンターでアワアワしているシェルニを連れてギルドをあとにした。

◇　◇　◇

と、いうわけで、シェルニと目的の家にやってきたわけだが、

「き、綺麗《きれい》な家ですね……」

「ああ……想像以上だ」

レンガ造りで切妻《きりづま》屋根の立派な二階建て一軒《いっけん》家。

話によると、築五十年以上は経過しているらしく、傷《いた》んでいる部分もある。中はさすがにガランとしていて、家具は備え付けの物以外何もない。ベッドはあるようだが、シーツは購入《こうにゅう》の必要がありそうだ。

「いろいろと買ってこなくちゃいけないな」

「でもお金が……」

「そうなんだよなぁ」

さすがに魔石《ませき》採集の報酬《ほうしゅう》だけではまかないきれない。今日のところは最低限の家具を揃《そろ》えて、明日からのクエスト達成報酬で少しずつ買い揃えていこう。あと、売り物になりそうなアイテムを合わせて回収していけば一石二鳥だ。

「とりあえず、すぐに必要な物を買い揃えに行くか。あと、夕飯の材料も」

「はい！」

よし、目的地は決まった。

俺とシェルニは近くのアイテム屋に向かおうと歩き出す。

その時、目の前を猛《もう》スピードで馬車が通過した。その馬車は俺たちの眼前数メートル先で急停止すると、すぐに人が飛び降りてきた。

その人物は、

「ごきげんよう！」

あの騒《さわ》がしい貴族令嬢《れいじょう》のフラヴィア・オーレンライトだった。

「君は……オーレンライト家の」

「あら、覚えていてくださったの？　光栄ですわね」

親衛隊を引き連れたお嬢様《じょうさま》は今日も偉《えら》そうだ。

「うぅ……」

フラヴィアにあまりいい思い出がないシェルニは、俺の後ろに身を隠《かく》して震《ふる》えていた。

それよりも……やはり、フラヴィアお嬢様が訪ねてきたのは、昨日のギガンドス退治の件で何か言いに来たってことなのか？

だったらこっちも言いたことがある。

冒険者たちを捨て駒《ごま》のように扱《あつか》った件だ。

俺としては、ナイジェルっておっさんの独断でやった線が濃厚《のうこう》と見ているが、もし、あれがオーレンライト家の指示によるものなら許せたものではない。

目先の金に釣《つ》られた方もどうかと思うが、それにしたって、捨て駒のように彼《かれ》らを扱った点は許せない。

フラヴィアはおもむろに視線を俺たちが住むことになる家へと向けた。

「こちらの家で暮らしているのですか？」

「今日からな」

「そうですの……想像していたよりはずっと立派なお住まいですわね。それで、お仕事はまだ冒険者を？」

「……なあ」

「はい？」

「世間話でもしに来たのか？」

正直、顔を合わせた直後に強烈《きょうれつ》な罵倒《ばとう》でも飛んでくるかと思っていたが、普通に話しかけてきたな。意外だ。

ちなみに、ギルドでの一件が尾《お》を引いているのか、シェルニは俺の背後に隠れていた。

一方、フラヴィアは「コホン」と咳払《せきばら》いをしてから用件を口にする。

「単刀直入に聞きますが……ドレット渓谷に棲《す》みついたギガンドスたちを倒《たお》したのは、あなたたちですの？」

「ああ。俺とシェルニでやったよ」

即答《そくとう》する。

まあ、隠しておくようなことじゃないし。

「!? や、やっぱり！」

お嬢様らしからぬ叫《さけ》び声をあげるフラヴィア。

しかし、それは俺の想像していた反応とはまるで違《ちが》った。

金に糸目をつけないお嬢様らしく、失礼な振《ふ》る舞《ま》いをした俺に対して強力な兵士を大勢率いて、捕《つか》まえに来たってわけじゃなさそうだな。監獄《かんごく》行きも視野に入れていたが、そういった話をしにここを訪れたって感じでもない。

「俺がギガンドスを倒したら、何か不都合なことでもあったのか？」

「いいえ。ただ確認《かくにん》をしたかっただけですわ」

「なら、次は俺が質問する。……冒険者たちを捨て駒のように利用したのは、オーレンライト家からの指示か？」

「まさか。あれはすべてナイジェル隊長の独断ですわ。すでに彼の所業については騎士《きし》団へ正式に報告をしています。まったく……信じられませんわ」

……嘘《うそ》を言っているようには思えない。

だとすると、やはり最初の見立て通り、ナイジェルっておっさんが功を焦《あせ》って無茶な作戦を立案したってことか。

「ナイジェル隊長にはしっかりと罰《ばつ》を受けてもらうつもりですわ」

このフラヴィアって子……冒険者たちを集める手段や、時々口が悪くなるものの、心の芯《しん》から腐《くさ》っているというわけじゃないようだ。

今なら、冷静に話ができそうだな。

「なるほどね。……だけど、ギガンドス討伐については、俺が真実を語っているという確証は得られないんじゃないか？」

「周りの冒険者たちは口を揃えてあなたの名前を出しているので、それはあり得ないと思っていますわ。それに、……わたくしにはなんとなく分かるのです。あなたは嘘をついていない。真実を語っている、と」

驚《おどろ》いたな。

俺の彼女《かのじょ》に対する評価とまったく同じだ。

ていうか、想像していた反応とあまりにも違うから、なんか拍子抜けして調子が狂うよ。

「?　どうかしましたか？」

「……いや、なんでもない。それより、用件はその確認だけか？」

「ああ、忘れるところでしたわ。報酬を渡しておきますわね」

そう言って、フラヴィアはパチンと指を鳴らす。すると、御者《ぎょしゃ》が馬車の中から大きな麻袋《あさぶくろ》を取り出し、俺に手渡す。

「成功報酬はギガンドス一匹《ぴき》につき金貨百枚。ですので、合計で金貨三百枚を受け取ってもらいますわ」

「お、おいおい！」

金貨三百枚とか……とんでもない大金だぞ。

だが、フラヴィアはその大金をいとも軽々しく扱う。

なんというか、金銭感覚の違いをまざまざと見せつけられたな。

……それにしても、さっきから時々声が裏返っているみたいだけど、大丈夫《だいじょうぶ》なのか？　なんだか顔も赤いみたいだし。

「あの」

様子がおかしいと思っていたら、フラヴィアの方が先に口を開いた。

「ここへ来る途中《とちゅう》にギルドへも寄ってきて、話をうかがいましたが……あなた、この町で商売を始めるつもりのようですわね」

「ああ。そのつもりだ」

「でしたら、好都合だったのではなくて？」

「好都合？」

「そのお金ですわ。よければ、開店準備金としてでもお使いください。あと、開店の際にはわたくしへのお声がけを忘れないよう」

「はっ？　い、いや――」

「では、またお会いしましょう」

会話の途中から、フラヴィアはずっと俯《うつむ》き、さらには強引《ごういん》に話を切り上げてそそくさと馬車へ駆《か》け込む。すると、窓から少しだけ顔を出し、

「そういえば、まだお名前を聞いていませんでしたね」

そう尋ねてきた。

「俺はアルヴィン。こっちはパーティーを組むシェルニだ」

「よ、よろしくお願いします！」

「アルヴィンとシェルニ……おふたりの名前、しかと覚えましたわ」

言い終えると、すぐに「出して頂戴《ちょうだい》」と御者に命じ、フラヴィア・オーレンライトは多くの謎《なぞ》と違和《いわ》感を残しつつ、その場を去っていった。

……一体なんだったんだ？

ていうか、報酬受け取っちゃったよ。

正直、突《つ》っ返す気だったんだけどな。

「なんなんだ……あの子は……」

嵐《あらし》のようにやってきて嵐のように去る。

その勢いに、俺はたまらず呆然《ぼうぜん》となってしまう。

「あの人……本当はいい人なんですか？」

「さ、さあ……金持ちの考えることは分からん」

大金の入った麻袋を持ったまま、途方《とほう》に暮れる俺たち。

……まあ、もらってしまったものはしょうがない。オーレンライト家が想定していたよりもずっとまともそうってことも分かったし、今はそれだけで十分だ。

思わぬ報酬は、本人が言っていた通り、必要経費として使わせてもらうことにしよう。

「お金も手に入ったことだし、気を取り直してちょっとこの辺りの店を訪ねて回るか」

「そ、そうですね！」

シェルニも突然《とつぜん》の事態で困惑《こんわく》していたようだが、声をかけると、最近ではすっかり御馴染《おなじ》みとなりつつある元気な笑顔を見せてくれた。

◇◇◇

フラヴィアから受け取った報酬で、俺とシェルニはダビンクにある顔馴染《かおなじ》みのアイテム屋を巡《めぐ》って家具や生活必需品《ひつじゅひん》を揃えた。

その後、店の改装を依頼するため、専門業者の店を訪れる。

以前、俺が交渉したアイテム屋や職人たちが協力をしてくれたおかげで、当初の予定よりずっと豪華《ごうか》な内装となったのだ。

「続きは明日やるよ」

「要望があったら何でも言ってくれ」

「わざわざすみません」

職人たちはヤル気満々だったが、俺としては少し申し訳ない。

お金を払《はら》うつもりだったが、「そいつはこれからの開業資金に回しな」と言って一枚も受け取らなかった。

それどころか、

「これはうちの母ちゃんが作った野菜スープなんだが、よかったらシェルニちゃんと一緒《いっしょ》に飲みな」

「こっちは肉料理だ。食ってくれ」

食事までもらってしまった。

本当に……感謝してもしきれない。


その日の夜は思いがけず豪華なディナーになった。

「凄《すご》いです！」

シェルニも豪勢《ごうせい》な食卓《しょくたく》に瞳《ひとみ》を輝《かがや》かせていた。

食事をしながら、明日の予定を簡単におさらいしておく。

当初は採集クエストを選択《せんたく》し、ダンジョンへ潜《もぐ》る予定だったが、想定外の収入（フラヴィアからの報酬）により、すぐにダンジョンへ向かう理由はなくなった。

というわけで、明日も家の修繕をしてくれるという職人たちと、店舗も兼《か》ねるこの家をどのような形にしていくか、じっくり考えるとしよう。

そのことをシェルニに告げると、これまた瞳をキラキラさせながら「私も頑張《がんば》りますよ！」と気合い十分。

思えば、シェルニともよく喋《しゃべ》るようになったな。

最初はリサがアメちゃんをあげなくちゃ口を開いてくれなかったし。

……そろそろ聞いてみてもいいかな。

「なあ、シェルニ」

「はい？　なんですか？」

「君は……何者なんだ？」

一緒に戦って、こうして食卓を囲んでおいて、何を今さらなって感じはするが、俺はシェルニについて何も知らない。

初めのうちは、自分から語ってもらうまで待とうとした。

だが、少なくとも出会った頃《ころ》よりも心を開いてくれている今なら、俺から切り出しても答えてくれるかもしれない。

そう思って、ストレートに尋ねてみたのだ。

「…………」

俺からの質問に、シェルニは複雑な表情を浮《う》かべてしばらく黙っていたが、やがてゆっくりと話し始める。

「アルヴィン様……私……」

「うん？」

「実は……記憶がないんです」

「！　き、記憶が……？」

記憶がないって……これはまた予想外の展開だな。

「じゃあ、シェルニという名前は……」

「記憶がないといっても、自分の名前だったり、物の名前だったりはうっすらとですが、憶《おぼ》えていることもあります」

「そ、そうだったのか……」

「それに、一部過去の出来事も……断片《だんぺん》的にではありますが、記憶があります」

俺に説明をしようと必死に口を動かすが、その声は涙《なみだ》で揺《ゆ》れ始める。

「今の私が覚えている一番古い記憶は、馬車の荷台で目覚め、周りに知らない男の人たちがいたんです」

「知らない男たち？」

「はい。ダンジョンでアルヴィン様が戦っていた人たちです」

「！　君はあいつらを知っていたのか……」

これは有力な情報だ。

できればもうちょっと早く教えて欲《ほ》しかった情報ではあるが……まあ、記憶を失っているらしいから、きっと打ち明けられなかったのだろう。当初のシェルニは人とまともに会話すらできなさそうだったし。

「じゃあ、あいつらの正体を知っているんだな？」

「あの人たちは……奴隷《どれい》商と名乗っていました」

「奴隷商だって⁉」

思わず声を荒《あら》らげる。

奴隷商……現在では法律で禁止されている商売だ。

まさか、あの連中がそこまでの極悪人だったとは。

くそっ！

あの時、全員拘束《こうそく》して王国騎士団に突き出していたなら……今頃《いまごろ》助かっていた者もいるかもしれない。

……ただ、気になる点がある。

奴隷商ってことは、組織だって動いているはずだ。

ダンジョンで会った連中以外にも仲間がいると見ていい。

ただ、そんな大それた行為《こうい》を裏でこっそり進めるのは不可能だ。

この町にはザイケルさんが結成した自警団もいるわけだし……こりゃあ、バックにはかなりの大物が絡《から》んでいそうな予感がする。

「あの人たちの話では、私をどこかに売り渡す算段ができていたそうです」

「君を買ったヤツの名前を聞かなかったか？」

「すみません……」

頭を下げるシェルニだが、こればっかりはダメ元だったからしょうがない。

話題を変えよう。

「奴隷商に囚《とら》われていた君がディンゴさんの宿屋にいたということは……連中からうまく逃《に》げだせたんだな」

「隙《すき》を突いて、なんとか……でも、まだこの近くにあの人たちがいるかもしれないと思うと……凄く怖《こわ》くて……」

そう言って震えるシェルニ。

恐怖《きょうふ》と寂《さび》しさでずっと不安だったろうな。

「それでも……生きていくには働いて金を稼《かせ》がなくちゃいけない――それで、ディンゴさんの宿屋に」

「はい。結局、雇《やと》ってはもらえなくて、その後にダンジョンへ潜っていったんですけど……結果はあの通りで……」

「生きるためになんとかしようって必死だったんだな」

シェルニは無言のまま頷《うなず》く。

そこで、俺は悟《さと》った。

この先、シェルニが本当の意味で笑って暮らしていくためには、この町の裏で暗躍する奴隷商とその黒幕をなんとかしなければならない。それは俺たちふたりだけの問題じゃなく、この町に暮らす人々にも大きく関《かか》わってくる。

「……明日の予定は変更《へんこう》だ」

「えっ？」

「ああ、シェルニはそのままここの改装の手伝いを頼《たの》む。俺は――ちょっとばかり出かけてくる」

「は、はい」

「ああ、それからもうひとつ。明日から、シェルニの記憶を取り戻す手伝いをするよ」

「！」

俺からの提案に、シェルニは目を見開いて驚いていた。

「記憶がないということは、シェルニの本当の両親はまだこの世界のどこかで生きている可能性がある。幸い、ここは商業都市ということもあってよその土地から来る人も多いから、きっと記憶を失う前のシェルニを知っている人が訪れるよ」

「ア、アルヴィン様……」

それから、シェルニは何度も何度も俺にお礼を言った。

健気《けなげ》で頑張り屋なシェルニのためにも、明日から頑張らないとな！

◇　◇　◇

シェルニの告白から一夜が明けた。

彼女の失われた記憶の手がかりを求めて、俺は街の中央通りに来ていた。

目的は情報収集。そして、ダンジョンで遭遇《そうぐう》したあのチンピラたちを捜《さが》すためだ。

ダンジョンではあいつらをコテンパンにしてしまったので、俺を見つけても連中が襲《おそ》ってくることはないだろうから、地道に町中を捜し回るしかなさそうだ。

ザイケルさんがリーダーを務める自警団に相談しようとも思ったが、単独で情報を集めた方が動きやすいと思って黙っておくことにした。まあ、仮に、どこかで遭遇したとしても……俺単体で連中を拘束すればいいだけだ。

店舗の改装については、多くの職人たちが朝早くから駆けつけ、早々に作業が始まった。驚いたのは昨日以上にたくさんの職人が集まってくれたこと。

どうやら、俺がこのダビンクに戻ってきたことを知って、協力を申し出てくれたらしい。本当にありがたい限りだよ。

ちなみに、シェルニはギルドへ預けてきた。

奴隷商の連中はダンジョンにいたが、冒険者ではない。なので、きっとギルドに現れないだろうと判断した。仮に現れたとしても、リサや多くの冒険者が彼女を守ると約束してくれたのでひと安心だ。

後から聞いた話なのだが、ギガンドス討伐クエスト達成後、ギルドにはシェルニのファンクラブができたらしい。可愛《かわい》いうえに治癒《ちゆ》&防御魔法《ぼうぎょまほう》を使いこなし、おまけに記憶を失くしているという点が、多くの冒険者の心を打ったのだとか。

そのうち、本人から許可を得て、関連グッズをうちの店で売りだそうかな。

その辺の話は一旦《いったん》置いておくとして……俺がまず目指したのは中央通りの先にある商業都市ダビンクの北地区だ。

ダビンクは東西南北の十字型に広がった形をした都市なのだが、ここ北区は建物が複雑に入り組んでおり、慣れた者でなければ簡単に迷ってしまう。

とはいえ、この北区というのは特別治安が悪く、ザイケルさんも常に警戒《けいかい》をしている。

……だからこそ、奴隷商なんて連中が出入りしていたら気づきそうなものだが、連中は尻尾を見せていないのだという。

その情報を耳にした時、俺は疑惑《ぎわく》を持っていた。

それはきっと、ザイケルさんも可能性として考えてはいるのだろうが、なかなか口に出せなかったことだと思う。

その疑惑とは——ギルド職員の中に、自警団の情報を横流ししていた者がいる可能性だ。

ヤツらはそこで得た情報をもとに、自警団の目をかいくぐり、悪事を重ねているのではないかというのが俺の見立てだ。

真相を確かめるために、俺はまず北区の現状を知ろうと思った。北区へ向かっているのはそのためだ。

賑《にぎ》やかなメインストリートを抜け、町の中心に建つシンボルの時計台を通り越《こ》し、水産物をやりとりする運河にかかるつり橋を渡った先が、件《くだん》の北区だ。

北区へは、このつり橋を渡る以外に進む道がない。

そこでも一応商人がいて、店はあるのだが……売っている品物はかなり怪《あや》しい物が多いのだ。ザイケルさんのような町の有力者たちはこのグレーゾーンである北区のクリーン化を目指しているようだが、現状、それはうまくいっていない。

ともかく、この橋の向こうに連中が潜《ひそ》んでいる可能性が一番高い。

そう踏《ふ》んで、橋を渡ろうとした時だった。

「やめておけ、兄ちゃん」

行く手を遮《さえぎ》るように、視界の横から太い腕《うで》が。

「一般人《いっぱんじん》がここから先に行くことはオススメできないな」

どうやら自警団の人らしい。ザイケルさんとの関わりから、彼がギルドと同じく組織のリーダーを務めているダビンク自警団の人と顔見知りが多い。

……だけど、この人は知らないな。

新入りか？

「オススメできないというと？」

「この先は半ば無法地帯。……かなりヤバい商売が横行しているって噂だ」

「ヤバい商売？　……奴隷商とか？」

俺が「奴隷商」という言葉を出した直後、男と目が合った。

「兄ちゃん……どこでその話を？」

「風の噂で耳にした程度だ。違法《いほう》行為だから、大っぴらにできない商売――だけど、需要《じゅよう》がないわけじゃない。そこで、ここみたいな都市部の裏側で行われていることもあるってね」

「目をつけている種族でもいるのか？」

男の声色《こわいろ》が変化する。

商人をやってきたから分かるけど……これは明らかに商売をする者の声だ。

「さあ……どうだろう」

「資金はどれくらいだ？」

「これでどうだ？」

俺は胸元《むなもと》のポケットへこっそり忍《しの》ばせた金貨を見せる。こいつはフラヴィアお嬢様が置いていった金貨だ。思わぬところで役立ってくれたよ、ホント。

俺が大金持ちであることを知った男は表情が一変し、ポケットから一枚の紙切れを取り出すと俺に手渡した。

「いいだろう。これを持って、運河にある第三乗船場へ向かえ。そこにいるホーネスという男にこの紙を見せるんだ」

「なぜだ？」

「そいつがこっそり北区へ入る秘密の入り口へ案内する」

「このまま橋を渡ってはまずいのか？」

「橋を渡ると厄介《やっかい》な連中に目をつけられるぞ」

「厄介な連中？」

「この町の有力者どもだ」

それはつまり、この町をクリーンにしようと努力しているザイケルさんたちのことか。どうやら早速本命にぶち当たったらしい。ツイているな。

「そいつは一見するとただの紙だが、特殊《とくしゅ》な方法を用いることで模様が浮かび上がる――これが許可証みたいなもんだ。向こうの乗船場へ着いたら必ず見せろ」

「分かった」

なるほど。

ギルドメンバーではなく、自警団の方に仕込《しこ》みがいたのか。

……ただ、これは罠《わな》かもしれない。

本当にそんな違法行為をやっているなら、俺みたいな一見さんはお断りだろう。ザイケルさんたちがなんの手掛《てが》かりも得られなくて苦戦している様子から、そこまで頭が回っていないとも考えられない。

こちらを誘《さそ》い込もうとしている可能性は十分にある。

もしかしたら、俺が元救世主パーティーのメンバーということもバレているか？

だが、その状況《じょうきょう》はむしろ好都合だ。

俺を邪魔《じゃま》に思うヤツ――きっと、黒幕が直々に登場するだろう。仮にそいつが出てこなかったにしても、近しい者はいるはず。

とにもかくにも、まずは行ってみるか。

禁断の無法地帯とやらに。

橋の前にいた男の指示に従い、俺は裏ルートで北区へと足を踏み入れる。

そこは、俺たちが暮らしている場所とはまったく異なる空気が漂《ただよ》っていた。

光と影《かげ》。

まさにその表現がしっくりとくる。

石造りの道はガタガタで、周囲にはゴミが散乱している。行き交《か》う人々はどこか重苦しい影を背負い、その顔つきにはまるで覇気《はき》がない。死んではいないが、生きてもいない。そんな印象を受ける。

ここまでの案内人によれば、奴隷商が主催《しゅさい》するオークションがあるらしく、その会場へ連れていってくれる別の案内人がこの場所へやってくるのだという。

どんなのが来るのか……しばらく待っていると、

「あんただな？　オークションに興味があるってヤツは」

声をかけられ。

振り返ると、そこにはピンク色をしたモヒカンヘアーの男が立っていた。

「ああ、そうだ」

「……こっちだ」

ピンクモヒカン男は顎《あご》で方向を示し、歩きだす。

町の有力者たちでさえ、迂闊《うかつ》に手出しができない危険地帯――その最奥部《さいおうぶ》へ足を運ぼうとしていた。

奥へ進めば進むほど、ただでさえ少ない人の数がさらに減っていく。

やがて、ダビンクの北門ゲートが見えてきた――が、そこは瓦礫《がれき》の山で埋《う》め尽《つ》くされており、入り込む余地はなさそうだ。

そういえば、救世主パーティーの一員だった頃にここを訪れた際、東と西と南には町へ入るための門があるのに、なぜ北だけないのかとザイケルさんに尋ねたら、「あそこは諸々《もろもろ》の事情で封鎖《ふうさ》されている」って教えられたな。

進んでいるうちに、路地裏へと入り込んでいた。

周りには背の高い建物が目立つ。

建物というか、どうも壁《かべ》のようだな。

恐《おそ》らく、橋の向こう側からこちらの動向を探られないようにするための姑息《こそく》な対策だろう。そのせいで、ここら一帯は太陽の光が遮られ、昼間だというのに薄暗《うすぐら》い。

さらに、周囲へ目をやると、物陰《ものかげ》からぞろぞろと人が集まってくる。

やがて、少し開けた空間に出ると、先を行くピンクモヒカンの足が止まった。

「？　ついたのか？」

「いや、あとちょっとだ」

「なら、どうして止まったんだ」

「ここから先へは――行かせられねぇからだ‼」

ピンクモヒカンは突然こちらへ振り向くと、懐《ふところ》に忍ばせておいた短剣《たんけん》で襲いかかってきた。やはり、俺を仕留めるための罠だったか。

「死ねぇ！」

ピンクモヒカンは短剣を振り回しながら迫《せま》ってくる。だが、その腕前《うでまえ》はまともな訓練を積んでいない素人《しろうと》そのもの。問題じゃない。

ただ、敵はひとりじゃない。

物陰から出てきた他の男たち……どうやら、こいつらも俺狙《ねら》いのようだ。

救世主パーティーにいた頃は、ガナードの我がままのせいで封《ふう》じられてきたが、自由の身となった今では惜《お》しむことなく愛用の魔剣《まけん》を使える。

俺は鞘《さや》から剣を抜く。

――が、次の瞬間《しゅんかん》、

「っ⁉」

体に強烈な負荷《ふか》がかかる。

まるで、強烈な重しを背中にくくりつけられたようだ。

「かかったな？」

ピンクモヒカンは不敵な笑《え》みを浮かべた。

「この周辺にある建物は、ただの目くらましってだけじゃない。壁には魔法文字が描《えが》かれているんだよ」

「魔法文字？」

「結界魔法を生み出す魔法文字だよ」

結界魔法だと……？

なるほどね。

それで体が重くなったのか。

結界魔法は内に秘めた魔力《まりよく》にも影響《えいきよう》を及《およ》ぼす。魔剣によって強力な魔力を生み出すことができるようになった俺にとって、これほど不都合なものは他に存在しない。

……それにしても、よくできているな、この結界。

「相手が強ければ強いほど、おまえの体にかかる負荷は大きくなる。観念しな」

ピンクモヒカンの言う通りだ。

これはそんじょそこらの魔法使《まほうつか》いが生み出したものじゃない。

それなりに鍛錬《たんれん》を積んだ腕の持ち主が、丹精《たんせい》込めて作りあげた結界魔法だ。

こうなってくると、やはり黒幕は相当な人物だって説がより濃厚となる。こいつを作りあげた魔法使いか、あるいはそいつを操《あやつ》るさらに厄介な「上」の存在か。

ともかく、今の状態では指一本まともに動かせない。

——あくまでも「今の状態」ならばの話だけど。

「へへへ、悔しいよなぁ？　おまえみたいな優《すぐ》れた力を持っているヤツが、俺らみたいなカスにいたぶられるんだ。これ以上ない屈辱《くつじょく》をたっぷりとくれてやるよ！」

屈辱……か。

そういうのはもう十分味わってきたよ。

「はっ！　恐怖で声も出ねぇか！」

「そういうわけでもないさ」

俺は魔剣に魔力を注ぎ込む。

本来ならば、結界魔法の影響でさらに負荷がかかるところだが——むしろ時間が経つごとに体は軽《かろ》やかさを取り戻していった。

そして、天高く剣を掲《かか》げると、そのまま剣先を地面へと突き刺《さ》す。

「《地剣》——グラウンド・ブレイド」

その言葉が放たれた直後、周辺を強烈な横揺《よこゆ》れが襲う。魔剣に流れる魔力の属性を地に変えることで、俺は地属性の魔法が使えるようになり、小さな地震《じしん》を超《ちょう》部分的に起こしたのだ。

「何っ⁉」

ピンクモヒカンはその揺れに耐《た》えられず、その場に尻《しり》もちをついた。俺に近づこうとしていた他の連中も同様だ。

あとはギガンドス討伐でも使った拘束魔法で動きを封じて一丁上がり。

結局、合計で十六人を捕まえた。

「バ、バカな⁉　結界魔法の中にいるのに、なぜ普通に魔法が使える⁉」

信じられないといった様子のピンクモヒカン。

本当に何も知らなさそうなので、解説をしようとする――と、

「ほう……思ったよりも腕が立つようだな」

ようやく、目的の人物が姿を現したらしい。

「結界魔法にいながらその効果を無効化……そんな芸当ができるってことは、ここに結界魔法を張った魔法使い――つまり、この俺より強い魔力を持った人間ってことになる。おまえ、若造のくせにやるじゃねぇか」

偉そうな物言いで現れたのは、顔に大きな十字傷のある男。

全身は周囲の薄暗さに溶《と》け込むような黒いローブ。

フードを頭のてっぺんまでかぶっているため、表情は読めないが……自分で張った結界を破られた割には、随分《ずいぶん》と余裕《よゆう》な態度だ。

「あんたがここの親玉か？」

「さあて……どうだろうな」

はぐらかすように言うが、周りのチンピラたちが男に向ける視線からは、強者へのへつらいを感じる。

こいつがチンピラどもを仕切っているのは明白だ。

「君はなぜここに来た？」

「……ここらで商売をしている奴隷商が取り逃がした、銀髪《ぎんぱつ》の女の子の件で来たんだ」

銀髪の女の子というのはもちろんシェルニのことだ。

記憶の大部分をなくしているシェルニが、なぜ奴隷として売られかけていたのか――俺はそれを知りたかった。

「奴隷？　銀髪の女の子？」

ローブの男は拘束されている仲間たちを見渡《みわた》す。やがて、その視線はある男の前でピタリと止まった。――あのピンクモヒカンだ。

「ギゼ」

ピンクモヒカンことギゼと呼ばれたその男は、名前を呼ばれた途端《とたん》ビクンと体を強張《こわば》らせ、ガタガタと震え始めた。相当、このローブの男のことが怖いらしい。

「逃がしたのか？」

「あ、いや、その……」

「…………」

男は無言と思わせておいて、ブツブツと詠唱《えいしょう》を始めていた。

それに気づいたギゼは慌《あわ》てて逃げだすが、

「遅《おそ》い」

逃げたギゼに放たれた雷撃《らいげき》。

その威力《いりょく》はかなりのものだ。

……しかし、さっきのあのローブの男の口ぶりからして、シェルニは連中にとってかなり重要な存在であるらしかった。

それはつまり、この男がシェルニの過去について何かしらの情報を握《にぎ》っているという意味でもある。

まさに俺が探し求めていた人物……絶対に吐《は》かせてやる。

「さて……次は君が黒焦《くろこ》げになるか？」

「随分と自信があるんだな」

「私の結界魔法を突破《とっぱ》したくらいで調子に乗っているのなら――後悔《こうかい》するぞ？」

直後、ローブの男の全身が、強力な魔力で覆《おお》われる。

なるほど……出し惜しみしていたのか。

嫌《いや》な性格しているな。

「魔剣使いというからには魔法と剣術《けんじゅつ》を使いこなすのだろうが……実際はそれほど便利なものではないんじゃないかい？　――アルヴィンくん」

「！」

この男……俺の名前を知っているのか。

「君のことは調べさせてもらったよ。元救世主パーティーの商人くん。君は商人としての才は秀《ひい》でていたが、戦闘面はからっきしだったようだね」

「…………」

「魔剣使いと言っているが、実戦での君は雑魚《ざこ》狩りばかり。本当に魔剣士かどうかも怪しいな。渓谷での大猿退治も、本当は嘘なんだろう？」

……そういうことか。

俺の正体について、いくつか誤った情報が紛《まぎ》れ込んでいる。ただ、それは連中からしてみれば好都合な情報だ。ヤツはそれだけを鵜呑《うの》みにしたってわけか。

危《あや》ういな。

裏付けもなくそんな噂を信じるなんて、三流以下じゃないか。

まあ、よっぽど信頼《しんらい》していた情報筋から得たっていうなら、この男の見る目がなかったって話だけど。

ただ、俺がどうして商人をしていたかまできちんと調べなかったのは、情報源の調査不足だと言わざるを得ない。

「実力差がハッキリとしたところで、君に改めて問おう。……大人しく、その銀髪の女の子をこちらへ渡して――」

ローブの男が途中で言葉を放棄《ほうき》する。

無理もない。

魔剣から放たれる魔力を見せつけることで、そうなるように仕向けたからな。

「ぐっ……！」

初めて、男の声色に乱れが起きた。

「実力差がハッキリした……同感だな」

魔剣から漂う黒いオーラ。

もともと真っ黒な剣だけど、それが一層邪悪《じゃあく》な感じになっていく。

周りのチンピラたちも、その禍々《まがまが》しさに顔を引きつらせていた。

「こ、これが……魔剣!?」

ローブの男の声が震える。

どこから仕入れたか分からないが、いい加減な情報で踊《おど》らされた結果、戦う相手の実力を見誤った。

「なんだ、魔剣の力も知らずにけしかけてきたのか?」

「ぐっ!?」

「あきらめろ。そちらに勝ち目はない」

「お、おのれ!」

やけになったのか、ローブの男は詠唱を唱え始めた。

「《氷の矢》――アイス・アロー!」

氷属性の魔法であるアイス・アロー。

その名の通り、氷で作られた無数の矢が、俺目がけて放たれる。魔法使いとしてのレベルが高いほど、矢の数は増えるそうだが……そう考えると、視界いっぱいに飛んでくるこの数は相当な上級

者であることをうかがわせる。

しかし、俺に属性の縛《しば》りはない。

魔剣に流れる魔力の属性を炎《ほのお》に変換《へんかん》させ、《焔剣《えんけん》》を喚《よ》び起こす。

黒い剣を赤い炎が包み、俺はそれを横へ軽く振る。

それだけで、氷の矢はすべて消滅《しょうめつ》した。

「バ、バカな⁉」

ローブの男は矢を軽々と一掃《いっそう》されたことが相当ショックだったらしい。——なら、

「そんなに氷が好きなら——お返しするよ」

「な、なんだと⁉」

「《氷の矢》——アイス・アロー！」

俺はローブの男と同じ魔法を使う。

だが、その威力や数は男の比ではない。

より大量に。

より強い威力で。

生み出された無数の氷の矢は、ローブの男の他、逃げずにとどまっているチンピラたちに降り注いだ。

「「「「ぐあああああ！」」」」

男たちの叫び声が狭《せま》い路地に響《ひび》き渡る。

すべての矢が放たれると、あとに残ったのは横たわって気絶しているローブの男とその配下たちのみだった。

「……後始末が大変だな」

その場にいた全員を拘束できたが……連行するにはちょっと人手が必要だな。

◇　◇　◇

ダビンクで暗躍していた奴隷商一味を捕獲《ほかく》した後、後始末の手始めに発光石を加工して作られた花火を打ち上げてザイケルさんに合図を送る。

北区からの花火に、ザイケルさんは何事かと大勢の自警団メンバーを引き連れてやってきたのだが……どうやら、自警団のメンバー以外にも連れてきた子がいたようだ。

「アルヴィン様！」

「シェルニ？」

屈強《くっきょう》な自警団メンバーをかき分けて、シェルニが俺のもとに駆け寄ってくる。

どうやら、帰りの遅い俺を心配してザイケルさんのもとを訪ねたようだが、その時にちょうど花火が上がったので連れてきたらしい。

そのザイケルさんと自警団メンバーは拘束魔法により身動きが取れなくなっているローブの男たちを目の当《まあ》たりにすると、途端に脱力《だつりょく》して大きなため息をつく。

「ったく、やるならやると声をかけてくれよ」

「大袈裟《おおげさ》にしたら、黒幕に逃げられるかもしれませんしね」

「黒幕、か……こっちのローブの男がそうか？」

未《いま》だに気を失っているローブの男。ザイケルさんは男の素顔《すがお》を隠しているフードを取ると、思わず「なっ！」と声をあげた。

「知っている人ですか？」

「知っているも何も……こいつは元王宮魔法使いのマーデン・ロデルトンだ。確か、エルドゥーク王国魔法兵団に所属していたが、組織の金を私的に使い込んでいたことがバレてクビになったと聞いていたが……」

王宮魔法使いっていえば、まさに選ばれし者。

エリート中のエリートだ。

そんな立派な御方が、こんな薄暗い場所でチンピラどものボス気取りとはね。何があったかは知らないが、めちゃくちゃ落ちぶれたな。

「ザイケルさん、この男が目を覚ましたら、俺に連絡《れんらく》をくれませんか？」

「構わないが……何か私怨《しえん》でもあるのか？」

「いえ、この男はシェルニの過去を知っているみたいなんです」

「シェルニの過去？　そりゃどういう意味だ？」

そうだった。

ザイケルさんには、まだシェルニが記憶をなくしたということを伝えていなかった。

とりあえず、現状で把握《はあく》しているシェルニについての情報を伝えると、ザイケルさんは複雑な表情を浮かべた。

「そうか……あの子は記憶がなかったのか。育ちが良さそうだから、もしかするとどこかの貴族の令嬢なのかもしれないいな」

「ザイケルさんのところにそれっぽい情報は入ってきていませんか？」

「行方《ゆくえ》不明の貴族令嬢……あいにくと知らないな。何かそれらしい情報が舞い込んだら、すぐにおまえに知らせるよ」

「ありがとうございます」

ザイケルさんにお礼を述べると、自警団によって王都から来る騎士団へその身柄《みがら》を引き渡すため、連行されていく男たちに視線を移した時だった。

「ぐっ、おっ、ああああああああああああああ‼」

突如《とつじょ》、ローブの男ことマーデンが泡《あわ》を吹《ふ》いて苦しみ始めた。

「お、おい、どうした⁉」

「何があった⁉」

取り囲んでいた自警団のメンバーが声をかけるも、マーデンの苦しみはだんだんと強くなっていき、とうとう糸が切れたように動かなくなった。すぐに自警団が駆け寄って体を確かめ、脈を確認した男は静かに首を横へと振った。

「なんてことだ……」

ザイケルさんが心底悔しそうにつぶやく。

恐らく、何者かがマーデンに魔法――いや、この場合は呪《のろ》いというべきか。とにかく、ろくでもない仕掛《しか》けを施《ほどこ》していたものと思われる。

それにしても……俺まで完全に裏をかかれた。

どうやら、このダビンクの奴隷商を巡る問題はかなり根深そうだ。

とりあえず、今日のところは捕まえた奴隷商一味を自警団が管理する町の監獄へと入れ、後日改めて騎士団へ身柄を引き渡すこととなった。

「はあ……さすがにちょっと疲《つか》れたな」

「早く帰って休みましょう。ご飯は作ってありますから」

「それは楽しみだな」

シェルニの頭をポンポンと優《やさ》しく叩《たた》きながら、俺は帰路へと就《つ》くのだった。

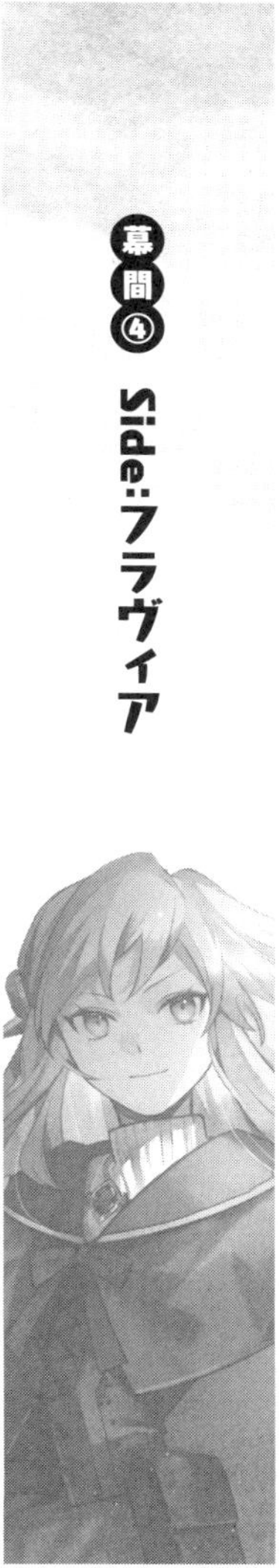

幕間④　Side:フラヴィア

ダビンクの町でアルヴィンと再会したオーレンライト家令嬢《れいじょう》のフラヴィア。

彼女《かのじょ》は生まれて初めて自分を拒絶《きょぜつ》した男であるアルヴィンを前に、これまで感じたことのない気持ちに襲《おそ》われ、半ば逃《に》げるようにその場をあとにした。

その後、屋敷《やしき》へ戻《もど》る馬車の中でも、ずっとアルヴィンのことが頭から離《はな》れなかった。

どうしてこんなにも気になるのか、自分でも分からないが、とにかくアルヴィンのことが気になって仕方がない。

「……わたくし、どうしてしまったんでしょう……」

過去にない感情に動揺《どうよう》するフラヴィアを乗せた馬車は、予定通りに屋敷へと到着《とうちゃく》。いつものように大勢の使用人たちに出迎《でむか》えられ、いつものように颯爽《さっそう》と馬車を降りると、父のいる部屋へと向かう。

その時、専属メイドのひとりが伝言を知らせに来た。

「フラヴィアお嬢様、今旦那《だんな》様は来客中でして……」

「来客？」

それはおかしい、とフラヴィアは思った。

今日は一日、来客もなく、家で仕事をすると言っていた父のベリオス——だが、そんな父に会いに来た者がいるという。

天下のエルドゥーク王国御三家《ごさんけ》の一角であるオーレンライト家を訪問するならば、事前にアポを取っておくのが常識だ。大体、アポなしの人間に父が会うとは考えにくい。となると、相手は父でさえ無下に扱うことを躊躇《ためら》う人物ということになる。

「それで、来客というのは一体どなた？」

「じ、実は……」

メイドが話そうとした瞬間、先にある部屋の扉《とびら》が開いた。

「おお、戻ったか、フラヴィア。ちょうどいい。こちらへ来なさい」

父であり当主のベリオスに呼ばれ、フラヴィアは部屋へと入った。そこには、父を訪ねてきた来客の姿があった。

「へぇ、あんたがフラヴィアお嬢様か」

「？　どちら様ですの？」

「おっと、自己紹介《しょうかい》がまだだったな。俺の名前はガナードだ」

「⁉　あ、あなたが……噂《うわさ》の救世主……」

噂に聞く救世主ガナード。

魔王《まおう》を倒《たお》すため、選ばれし仲間たちと共に旅を続けているという男。

そして近い将来、自分の夫となる男でもある。

「いやぁ、噂通りの美人だな」

「あ、ありがとうございます」

反射的にお礼を言ったが、本心はまるで違った。というのも、値踏《ねぶ》みするように全身を眺《なが》めた後、わざとらしい繕《つくろ》った笑顔でそんなことを言うのだから。

『なんなんですの……これが本当に救世主？　アルヴィンさんとは雲泥《うんでい》の差ですわね』

誰《だれ》にも聞こえないよう、小声で呟《つぶや》くフラヴィアは無意識のうちにガナードとアルヴィンを比較《ひかく》していた。言動の端々《はしばし》から感じ取れるガナードの軽薄《けいはく》さから、そういった思考に至るのは当たり前の考えといえる。

――だが、それは当然、父のベリオスも分かっているはずだ。

本来のベリオスなら、そのような男を屋敷にあげるなど断じてあり得ない。

だが、屋敷にあげるどころか、娘《むすめ》との婚約《こんやく》を願っている。それは、ガナードが神に選ばれた救世主であるからに他ならなかった。

「そういえば、ドレット渓谷のギガンドス討伐《とうばつ》には君の活躍《かつやく》もあったそうだね」

「活躍というか……」

実際は何もしていないのだが、事前に父との打ち合わせで自分も助力したと告げてガナードの好感度を上げていくことになっていた。

しかし、

「…………」

フラヴィアは何も言えない。

実際にギガンドス三匹《びき》を討伐したのは魔剣使いの商人アルヴィンだから。

だとしても、これまでのフラヴィアだったら、そんなことお構いなしに自分の手柄《てがら》としていただろう。それこそ、アルヴィンの報告を聞き、ナイジェルが嘘《うそ》の報告をしたことが発覚した今、それを出汁《だし》に彼《かれ》を蹴落《けお》とすことさえ考えが及んでいたはずだ。

ただ、フラヴィアの今の素直《すなお》な心境は――「どうでもいい」だった。

目の前にいるのは救世主ガナード。

間違《まちが》いなく、オーレンライト家を繁栄《はんえい》させてくれる存在。

だけど、今となってはそんなものに何の魅力《みりよく》も感じない。

「？　どうした、フラヴィア」

「い、いえ、なんでもありませんわ」

黙《だま》ったままのフラヴィアを心配したベリオスが声をかける。すぐになんでもないと返したフラヴィアであったが、やはり様子がおかしいと感じてもう一度声をかける。

「本当に大丈夫《だいじょうぶ》か？」

「はい。……ただ――」

「ただ？」

「わたくし……謝罪しなければいけないことがありますわ」

「謝罪だって？」

ガナードだけでなく、ベリオスも不思議そうな顔でフラヴィアを見つめる。

「今回のギガンドス討伐……わたくしはなんの役にも立ちませんでした」

「何……？」

「⁉　フ、フラヴィア⁉」

打ち合わせと違《ちが》う回答をしたフラヴィアに、ベリオスは大きく動揺《どうよう》する。

一方、フラヴィアの美貌《びぼう》と体、それから魔導士《まどうし》としての才能だけが目当てのガナードにとってはさして興味のある内容ではなかった。

しかし、フラヴィアの放った討伐をした者の名を聞いた瞬間に、状況は一変する。

「ギガンドスを討伐したのは魔剣使いでしたわ」

「……何？」

その表情が、一瞬《いっしゅん》にして禍々《まがまが》しいものへと変貌《へんぼう》する。

それを見て、フラヴィアは直感する。

救世主ガナードは、魔剣使いのアルヴィンにただならぬ感情を抱《いだ》いている、と。

「その魔剣士は今どこにいる？」

「残念ながら、所在は不明ですの。わたくしが教えていただきたいくらいですわ」

このまま放っておけば、間違いなくアルヴィンに危害が加えられると感じたフラヴィアは、咄嗟《とっさ》に嘘をついた。同時に、このガナードという男に対して、強烈《きょうれつ》な嫌悪感《けんおかん》を抱く。

このような男が自分の夫になるなど、フラヴィアは心底嫌気《いやけ》がさした。

その後、フラヴィアは「疲《つか》れた」と言って自室へと戻った。

しばらくベッドで横になっていたフラヴィアだが、ふと起き上がり、使用人を数名部屋へ呼び寄せると、父ベリオスと救世主のその後のやりとりについて尋ねた。すると、父とガナードはあの後も盛り上がり、結婚式《けっこんしき》の日取りや会場を決め始めたのだという。

報告を受けたフラヴィアは使用人たちを帰すと、窓際《まどぎわ》に設《しつら》えたイスに腰を下ろし、大きく息を吐《は》いた。

「……わたくしも、いろいろと決断を下さなくてはならないようですわね」

フラヴィアは静かに呟くのだった。

第五章 新しい出会い

THE EXILED SWORDSMAN MERCHANT GROWS UP AT HIS OWN PACE

北区が開放されてから一夜が明け、俺《おれ》とシェルニは改めてギルドへと向かい、ザイケルさんのもとを訪ねた。

理由は、この北区を詳《くわ》しく調査するというザイケルさんと自警団の手伝いをするため。シェルニをさらった連中のアジト周辺を調べれば、シェルニの素性《すじよう》について何か分かるかもしれないと考えたからだ。

ギルドを訪ねると、すでにザイケルさんたちは現場へ発《た》ったとリサから教えてもらい、俺とシェルニはその後を追った。

そうしてたどり着いた北区の様子は、一夜でガラッと変貌《へんぼう》していた。

もともと人の気配があまりない閑散《かんさん》とした場所だったが、今は俺たち以外人っ子ひとりいないような状況《じようきよう》だ。

「とりあえず、橋から近い場所から調査していくぞ」

「「うっす！」」

自警団の面々は散り散りとなり、各店の様子を探《さぐ》っていく。

一方、俺とシェルニは町の最奥部《さいおうぶ》にある奴隷《どれい》商が主催《しゅさい》していたオークション会場とその事務所を調べることに。

「ここか……」

昨日は路地での戦闘《せんとう》になったため、実際に奴隷商の館まで足は届かなかったが、すでに関係者が逃《に》げだした今となっては容易《ようい》にたどり着ける。

しかし……驚《おどろ》いたな。

まるで貴族の屋敷《やしき》みたいに豪勢《ごうせい》だ。

余程繁盛《よほどはんじょう》していたようだな、ここの奴隷商は。

「入ってみよう」

「は、はい……」

シェルニは自分の過去に関する情報が手に入るかもしれないという緊張《きんちょう》と不安を表情に出しながら、俺と一緒《いっしょ》に主を失った奴隷商の館へと入っていった。

「とりあえず、カーテンを開けてまず光を入れるか」

「ですね」

俺とシェルニは手分けして館一階の窓という窓を開けていく。

すると、館の全容が明らかとなっていった。

一階部分には目立ったところはない。

問題は地下だ。

そこは実際にオークションが行われていた会場で、ここには事務所も併設《へいせつ》されており、オークションに参加していた顧客《こきゃく》の名簿《めいぼ》もあったらしい。それによると、かなりの大物も名を連ねていたようで、ザイケルさんは「こりゃあ、王都でひと波乱あるぞ」と楽しそうに語っていた。

全体的に負のオーラが漂《ただよ》う館だが、この屋敷のどこかに……記憶《きおく》を失くしたシェルニに関する情報があるかもしれない。

というわけで、太陽の日が差し込《こ》んで若干《じゃっかん》不気味さが緩和《かんわ》した館内を捜索《そうさく》していくことにした。

「やはり、奴隷の子たちが囚《とら》われていた地下から当たってみるか」

「私は一階部分を探してみますね」

「ああ、頼《たの》むよ」

二手に分かれて情報収集開始。

地下の事務所に残された大量の書類。

顧客名簿以外はほとんど手つかずの状態であり、これから北門の開放と合わせて騎士《きし》団が乗り込んだ後にいろいろと接収されるだろうから、その前にできる限り関連する資料には目を通しておきたい。

そんな思いで事務所の書類を確認《かくにん》していたが……さすがに連れてきた子の詳細《しょうさい》な記録は残っていないか。

保護された子たちの年齢《ねんれい》や種族はバラバラだったし、手当たり次第《しだい》に連れ去ってくるか、或《ある》いは条件を突《つ》きつけて親から引きはがしてきたか。いずれにせよ、真っ当な連中じゃないっていうのは間違《まちが》いなさそうだ。

「決定的な情報はなかったな。——ん？」

ほとんどの書類を読み終え、立ち上がろうとした瞬間《しゅんかん》、たくさんの書類の合間からスルッと一枚だけが抜《ぬ》け落ちた。

それは見逃《みのが》していた最後の一枚。

奴隷として連れてこられた子のパーソナルデータらしい。

それに目を通した瞬間、衝撃《しょうげき》を受けた。

「この特徴《とくちょう》……間違いない！　シェルニのことだ！」

銀の髪《かみ》。

翡翠《ひすい》色の瞳《ひとみ》。

身長や顔の特徴もシェルニと合致《がっち》する。

「これがシェルニの……何か分かることは……」

その紙に書かれた情報を読んでいくが、残念ながらシェルニが何者であるのか、具体的な記載《きさい》はなかった。

だが、ひとつだけ目にとまった項目《こうもく》がある。

最重要案件と他の字よりも大きく書かれており、強調されている。

特記事項《じこう》ってわけか。

――が、肝心《かんじん》のその部分は破り捨てられていた。

自然に破れたわけじゃなく、これを読んだ人間が意図的に破ったように見える……恐《おそ》らく、外に漏《も》らしたくない情報だったのだろう。シェルニには、それくらい重大な秘密が隠《かく》されているというわけか。

……もしかしたら、奴隷商たちをまとめあげていたのが元魔法《まほう》兵団のメンバーであるマーデンってことも何か関係しているのか？

こうなってくると、マーデンってヤツのことも調べた方がよさそうだ。

「……まあ、それが分かっただけでも収穫《しゅうかく》か」

なんとなく、シェルニは普通《ふつう》の女の子じゃないって気はしていたけど、これでそれが確信に変わった。

俺はその書類を手にし、事務所をあとにする。

一階にいるシェルニと合流しようと思って、俺は階段をのぼった。シェルニはすぐに見つかったが、手にしたネックレスをジッと見つめて動かない。

「どうかしたのか、シェルニ」

「あっ……アルヴィン様……」

こちらに顔を向けたシェルニの表情は曇《くも》っていた。

「そのネックレス……覚えているのか？」

「すみません。ハッキリとしたことは……で、でも、以前、これを身につけていたような気がします」

「そうか……」

手にしたネックレスが何を意味しているのか。

それはシェルニ本人には分からないようだった。

ただ、本人は気づいていないようだが、ネックレスを見つめるシェルニの表情はとても神妙《しんみょう》に映った。本能的に、それがとても大切な物であると認識《にんしき》しているのだろうか。

「なら、そのネックレスは持ち帰れるようにザイケルさんと交渉《こうしょう》しよう。シェルニの過去を知るための大事な手掛《てが》かりだからな」

「ありがとうございます！」

「なんなら、今からつけるか？」

「えっ⁉　……あ、お、お願いします」

「よし。ちょっと待っていてくれ」

俺はシェルニからネックレスを受け取ると、それをつけてやる。

首にかかったネックレスのトップを手に取った瞬間、ようやく、シェルニがいつもの笑顔《えがお》を取り戻《もど》していた。

うん。

やっぱりシェルニはこうでなくちゃな。

決定的な事実を掴《つか》むことはできなかったが、シェルニの過去にまた一歩近づくことができた。

ゆっくりでも、着実に前進していけば、いずれ真実にたどり着ける。

シェルニをそう励《はげ》まして、俺たちは館をあとにした。

◇　◇　◇

奴隷商の館から戻った次の日。

店の改装は仕上げ段階に入っているらしく、仕上げの作業に取りかかるらしい。

今日で店に並べる商品をある程度入手しておかないとな。

俺とシェルニはダンジョンへ潜《もぐ》るため、その情報収集のためにギルドを訪《おとず》れた。

朝ということもあり、これからダンジョンへ潜ろうとする冒険者《ぼうけんしゃ》たちで大変な賑《にぎ》わいを見せている。

「わあー……」

「どうした、シェルニ」

「い、いえ……今日みたいに冒険者として訪れると、なんだか今まで来た時とは違《ちが》った場所のように思えてきて……」

「ははは、シェルニにとっては今日が真の意味でダンジョンデビュー戦だからな。ほら、こっちだよ」

俺はたくさんのクエストが貼《は》られた掲示板《けいじばん》へとシェルニを案内する。と、そこへ猫耳《ねこみみ》をピコピコと揺《ゆ》らしながら近づくひとりの女性が。

「アルヴィン！　聞いたにゃ！」

看板娘《むすめ》のリサがいきなり抱《だ》き着いてきた。

「北区に住みついていたあの怪《あや》しげな連中を蹴散《けち》らして町に平和をもたらしてくれたなんて……アルヴィンこそ真の救世主にゃ！」

「わ、分かったから離《はな》れてくれ」

興奮するリサを引きはがして、俺は新しい家やシェルニとのことを話す。

「そうだったのかにゃ……大変だったんだね、シェルニ。でももう安心にゃ！　アルヴィンと一緒なら何も恐れる必要はないにゃ！」

「はい！」

今やすっかり仲の良い友人となったリサとシェルニ。

ふたりが楽しそうに話している様子を見ていると、不思議とこっちまで頬《ほお》が緩《ゆる》んでくる。

「そういうわけだから、リサも是非《ぜひ》うちへ遊びに来てくれ」

「絶対に行くにゃ！」

その後、ギルドと併設する武器屋やアイテム屋で準備を整える。

と言っても、武器に関しては俺もシェルニも使い慣れた物があるので、購入《こうにゅう》したのはほぼ使用するアイテムだけにとどまった。


道中、パン屋でサンドウィッチを買い、軽く朝食を済ませると、俺たちはいよいよ二度目のダンジョン攻略《こうりゃく》へと挑《いど》む。

「アルヴィンさん、今です！」

「おう！」

シェルニの防御《ぼうぎょ》魔法と俺の魔剣《まけん》――両者の相性《あいしょう》は抜群《ばつぐん》で、サクサクと進んでいく。そのうちに、

「あれ？」

「どうかしたんですか、アルヴィン様」

「……ここがダンジョンの最奥部のようだ」

ダンジョンに潜ってからおよそ二時間で、最奥部である五階層へ到達《とうたつ》。

キースさんからもらった片眼鏡を駆使《くし》してアイテムを回収していったが、気がつくとこんなところまで来ていたのだ。

「この宝箱にあるのが最後か」

早速《さっそく》開けてみると、中には短剣《たんけん》が入っていた。ゲットしたアイテムに関しては、アイテム屋で購入した本で相場をチェック。

この本だが、正しくは《ストレージ・ブック》というアイテムで、アイテムの相場が記載されているだけでなく、アイテムの収納も可能という、冒険者にとっては必需品《ひつじゆひん》とも言えるとても便利な品だ。

「シェルニ、こいつもしまっておいてくれ」

「はい！」

シェルニは返事をすると、俺から本と短剣を受け取る。

本の使い方は実に簡単。

「よいしょっと」

短剣を掴んだシェルニは、本のページの上にそれを置き、魔力《まりよく》を注ぐ。すると、まるで底なし沼《ぬま》に沈《しず》んでいくかのように、短剣はページの中に呑《の》み込まれていく。やがて、純白のページにはしまった短剣の絵が自動的に浮《う》かび上がる。

サイズにもよるが、大体のアイテムは一ページにひとつ、収納することができるのだ。

これなら、ページがある限り、アイテムの持ち運びに不便することはない。

「しかし、これで終わりなら、次のダンジョンを探さなくちゃいけないな」

「でも、売り物になりそうなアイテムは結構集まりましたよ？」

「こういうのは早めの新規開拓《かいたく》が重要なんだ。やれる時にしっかりと次の目的を定めておかないとな」

「なるほど！」

商売は先手を打つのが必勝条件。

後手に回ってしまっては売り上げに影響《えいきょう》が出る。商売の足止めを阻止《そし》するためにも、商品は常にストックしておくべきだ。

ダビンク周辺にはまだまだダンジョンがある。

今、俺たちがいるところは難易度的にもっとも簡単なところ。より強力なモンスターが潜《ひそ》んでいるダンジョンには、それだけ価値のあるアイテムが眠《ねむ》っている。ここまで、難なく突破《とっぱ》できたことを考えると、ダンジョンの難易度を上げても問題はなさそうだ。

「よし、明日からは南側にあるダンジョンへ行こう」

「南側って……確か、地底湖があるダンジョンですよね？」

「その通り。よく知っているな」

「リサさんが教えてくれました♪」

本当に仲が良いんだな。

「さて、それじゃあ、今日は早めに戻って部屋の掃除《そうじ》でもしようか」

「はい！」

俺とシェルニはダンジョン探索《たんさく》を切り上げ、店の開店準備のために時間を使おうとした――その時、

「む？」

前方に何やら影《かげ》が見える。

近づいてみると、人が倒《たお》れていた。

「お、おい！　大丈夫《だいじょうぶ》か！」

俺たちは慌《あわ》てて駆《か》け寄る。

倒れていたのは、長く赤い髪をツインテールでまとめた褐色肌《かっしょくはだ》の少女だった。

「しっかりしろ！」

抱き起こした瞬間、俺は息を呑んだ。

その子が可愛《かわい》いと感じたっていうのもあるが、一番驚いたのはその特徴的な耳だ。どうやらシェルニもそれに気づいたらしい。

「ア、アルヴィンさん……この人って」

「ああ、間違いない……エルフだ」

倒れていたのはエルフ。

その中でも、いわゆるワイルドエルフと呼ばれる種族の少女だった。

◇　◇　◇

「いや～、ホント助かったわ～」

気絶しているワイルドエルフの少女はすっかり元気を取り戻していた。

彼女《かのじょ》はレクシーと名乗り、どうやらモンスターとの戦闘で勝利するも、敵が死に際に放った毒霧《どくぎり》を浴び、麻痺《まひ》状態に陥《おちい》っていたらしい。

ダンジョンの外へと連れ出し、近くの小川のほとりで麻痺消しの薬草を与《あた》えたことですぐに復活した。

「しかし、難易度はそう高くないとはいえ、ソロでダンジョンの最奥部までたどり着けるとは……さすがはワイルドエルフだな」

「まあ、ほら、あたしらはそこらの種族とはタフさが違うからね」

ワイルドエルフといえば、通常のエルフ族より文明が遅《おく》れているものの、その身体能力の高さは比較《ひかく》にならないって噂《うわさ》だ。

一般《いっぱん》的なエルフは知的で、人間と共存関係を築いている者もいる。

だが、ワイルドエルフはそういった縛《しば》りをもたず、彼女のように冒険者稼業《かぎょう》をしている者が多いと聞くな。

「ていうか、むしろ若い人間ふたりだけであんな深くまで来たって方が、あたし的には驚きだけどね。難易度としては難しくないとはいっても、人間だけでっていう条件なら、また話は変わってくるだろうし」

「そこはまあ……俺とシェルニのコンビネーションが抜群だからな」

「そうです！」

フンス、と鼻を鳴らすシェルニ。

それを見たレクシーは「ふっ」と小さく笑う。

「いいねぇ……お互《たが》いを信頼《しんらい》し合っているパーティーっていうのは。あ、この場合はどちらかというと愛し合っていると言った方がいいかな？」

「あ、愛しっ⁉」

シェルニは顔を真っ赤にして思考停止。

こういう話題には弱いんだな。

「期待を裏切るようだけど、俺とシェルニはそういうのじゃないよ」

「えっ？　そうなの？　男女のパーティーといえば、カップルが相場じゃないの？」

「多いには多いが、全部がそうとは限らないぞ」

「えぇ～……」

なぜか残念そうなレクシー。

だが、すぐにパッと表情が明るくなり、ズイッとこちらへ体を近づける。

「ねぇねぇ！　あなたたちはこれからどうするの？」

「どうするって？」

「あのダンジョンの一番奥《おく》へ行ったのなら、次の目的地は当然より難易度の高いダンジョンなんでしょ？」

話しつつ、距離《きより》を詰《つ》めてくるレクシーを引きはがし、コホンと咳払《せきばら》いを挟《はさ》んでからその質問に答えた。

「俺たちは冒険者が本業ってわけじゃない。あくまでも、商人であって、自分たちの店で出すアイテムを集めるのが主目的だ」

「えっ？　商人なの？　あなた……相当強そうだけど？」

真顔で驚かれた。

でもまあ、それは無理もないかもな。

たったふたりでこのダンジョンの最奥部にたどり着いたのなら、次のダンジョンも比較的容易に進めるはず。

ただ、俺たちはダンジョンの奥底《おくそこ》へ進んでいくような高難易度のクエストをクリアするために潜るんじゃない。

あくまでも、武器やアイテムを売って生計を立てることを目指している。

高額なアイテムばかりを集めなくたって、日々を平穏《へいおん》に暮らしていけるくらいのお金があればいい。大金を持ちすぎると、余計なトラブルを招くからな。

「なんか勿体《もったい》ないわねぇ。あなたたち、実力があるのならそのまま本職の冒険者になればいいじゃない。あなたたちくらいの強さだったら、高額報酬《ほうしゅう》が狙《ねら》える討伐《とうばつ》クエストも難なくこなせると思うけど」

「そうだなぁ……戦闘自体、あまり好きではないからなぁ……」

「私もそうですねぇ……」

「あっ、この前の大猿《おおざる》討伐みたいに、誰《だれ》かの助けになるクエストなら受けるかもな」

人助けになるっていうなら、討伐クエストも視野に入れるが……基本はやっぱり採集クエストになるかな。

「ふ～ん、いろんな考え方があるのねぇ」

うんうんと頷《うなず》きながら、レクシーはとりあえずは納得《なっとく》した様子。

「レクシーさんは次のダンジョンへ挑戦《ちょうせん》しないんですか？」

「もちろん、挑戦するつもりよ！」

「でしたら、アイテムや武器の調達をする時は、是非、私たちのお店に来てください！」

「お店？　どこでやっているの？」

「ダビンクにあります！　まだ開店準備中なんですが……あっ、もしよかったら、この後寄っていかれませんか？」

おおっ！　あのシェルニが客の呼び込みをするなんて……成長したな。

っと、俺も任せっきりじゃいけないな。

「ここで会ったのも何かの縁《えん》だ。夕飯でもどうだ？」

「いいわね。そうさせてもらうわ」

満面の笑《え》みでサムズアップを決めるレクシー。

どうやら、うちの店の来客第一号はこのたくましいワイルドエルフに決まったみたいだな。

ダビンクへ到着《とうちゃく》すると、ギルドへ寄り、リサに今日の戦果を報告してから真《ま》っ直《す》ぐ自宅兼店舗《けんてんぽ》を目指して歩いていく。

無事に家までたどり着いたらまず、店にかけてあった防犯用の結界魔法を解く。これは留守中に侵入《しんにゅう》されないためのもので、誰もいなくなった際に使用される。

家の中というより、一階部分は完全に店舗用として改装を依頼《いらい》したので、あまり家って感じがしないな。間取りとしては、リラックスできるリビングや食事の用意をするキッチンなどは二階に設置していた。

とりあえず、シェルニとレクシーは戦利品を確認。近々店をオープンするため、今日ゲットしたアイテムから売れそうな物を商品棚《しょうひんだな》へと陳列《ちんれつ》していく。

その間、俺は夕食作りに取りかかった。

今日はレクシーのリクエストにより、肉料理にするつもりだ。

帰りにいい肉を購入したから、下手に手を加えずこのまま焼いてステーキにしよう。味付けは塩とスパイスと店の改装工事をしてくれた職人の奥さんお手製のオリジナルソースだ。こいつにサラダとスープもつければ完璧《かんぺき》。

「おーい、できたぞー」

「「はーい!」」

息ピッタリだな、あのふたり。打ち解けられたようで何よりだ。

「わあっ！　おいしそうです！」

「本当……あなた、料理できたのね」

単独行動で培《つちか》った料理の腕《うで》が、こんなところで役立つとは。

そこまで難しいことじゃないけど、褒《ほ》められて悪い気はしないな。

「あ、そうだ。夕食の前に伝えておきたいことがあったの」

「なんだ、改まって」

レクシーが伝えておきたいこと……なんだろう。まったく想像できない。

「実は今日泊《と》めてほしいの」

「それくらいなら――って、泊まる⁉」

「ダメ？　部屋は余っているってシェルニが言っていたけど……あっ、ちゃんと宿代は払《はら》うから安心して」

「そ、そういう問題じゃ……ま、まあ、いいよ。空いている部屋は好きに使ってくれ」

「ありがとう！」

レクシーは満面の笑みで俺の手を握《にぎ》ってお礼を言う。

それが終わると、シェルニへ自分の宿泊《しゅくはく》が承諾《しょうだく》されたことを伝え、ふたりはハイタッチで喜び合った。

……まさか、ここまで親しくなるとは。

よほど馬が合うんだな、あのふたり。

こうして、騒《さわ》がしくも賑やかな夜は更《ふ》けていったのだった。

◇　◇　◇

翌日。

本日も雲ひとつない快晴。

ダンジョンに潜るのをちょっとためらってしまうほどいい天気だ。

朝食の際、今日はレクシーも一緒に別のダンジョンへ潜ることに決めたが、早めに切り上げてシェルニにダビンクの町を案内するっていうのもアリだな。

そんなことを考えていると、こちらに近寄る人影《ひとかげ》が。

「あっ！　旦那《だんな》ぁ！　お久しぶりです！」

やたら声のデカい男が、ブンブンと手を振《ふ》りながら走ってくる。

最初は「誰だ？」って思ったけど、近づいてみて、その正体が分かった。

「ネモじゃないか」

「うっす！」

このネモという男は俺と同い年の情報屋。

緑色の髪に青いバンダナを巻き、背丈《せたけ》は俺よりもちょっと低いくらい。

どこかのパーティーに属しているというわけではなく、フリーであちらこちらに情報を売っている。あのキースさんのもとで修業《しゅぎょう》していただけあって、その情報の正確さは間違いない。俺も、ネモの情報には随分《ずいぶん》と世話になったな。

「どうしたんだ？」

「キース様から、旦那がパーティーを抜けてフリーになってダビンクの町に移り住んだと聞いたんで、飛んできたんですよ！」

なるほど……そういうことか。

恐らく、キースさんはネモが俺の役に立つと踏《ふ》んで教えたのだろう。救世主パーティーにいた頃《ころ》から、ネモにはいろいろと世話になったからな。

「アルヴィン様？　お客さんですか？」

外で騒がしくしていたら、何事かとシェルニが様子を見に来た。

「こ、こんな可愛い子と一緒に店を⁉」

「えっ？　あ、ああ、まあ……」

なんか変なところに食いついたな。

このままにしておくと厄介《やっかい》な展開になりそうなので、話題を変えよう。

「それより、何か用があったんじゃないのか？」

「そうですよ！　このダビンクで商売をするっていうなら、目玉になる商品が欲《ほ》しいんじゃないかと思って、いろいろと情報を持ってきたんですよ！」

「情報？」

それは素直《すなお》に助かるな。

ただ、ちょっと気になる点もある。

「目玉商品って言ったが……例えばどんなのだ？」

「う～ん……いろいろありますが……まずはこれなんてどうでしょう？」

「待った。詳細は中でゆっくりと聞くよ」

外で話して、誰かに聞かれた挙句、先を越《こ》されたとあっては元も子もない。

俺はネモを店内へと案内した。


「どうぞ」

「おおっ！　ありがとうございます！」

商品を並べてある店内の奥に用意した応接室。そこに案内すると、すぐにシェルニがお茶を持ってきた。いつの間にそんな作法を覚えたのだろうか。……もしかしたら、過去にやったことがあって、それが無意識に出ている？

だとすれば、過去を紐解《ひもと》くきっかけになりそうだな。

あとで追及《ついきゅう》してみよう。

今はネモが持ってきた案件についてだ。

「それで、さっき言っていた案件はどんなのだ？」

「端的《たんてき》に言えば、とある村が依頼しているモンスター討伐クエストです」

「討伐クエスト……」

奇遇《きぐう》だな。

レクシーとの話のあとで、まさかネモから討伐クエストの話題が出るなんて。

「セーズという小さな村が出しているんですけど……その内容は村の近くにある森に棲《す》みついたゴブリンを倒すことなんです」

「ゴブリン退治か……ん？」

そういえば、ザイケルさんが言っていたな。

新メンバーを加えた救世主パーティーが、北の森のゴブリン討伐に失敗したって……もしかして、その森っていうのがここなのか？

詳しく話を聞くと、

「あっ、もうその話は耳に入っているんですね」

どうやら当たりらしい。

「大口を叩《たた》いたくせに、救世主パーティーはゴブリンの策にハマって逃げ帰り、そのまま村からも去ったそうですよ」

「それで討伐が宙ぶらりんの状態になったわけか」

「正直、そこまで難易度は高くないと思うんですよ。ただ、救世主パーティーが見放したということで、冒険者たちの間でも嫌《いや》な噂が流れ、報酬が値上がりしているんですよ。おかげで村の人たちはとても困っています」

確かになぁ……でも、だからといってこのまま放ってはおけないな。

「おまえがここを勧《すす》める理由は、成功したら救世主パーティーにひと泡吹《あわふ》かせることができるってことだけか？」

「まさか。連中の不甲斐《ふがい》なさを見る限り、黙《だま》っていても評判を落として近いうちに痛いしっぺ返しを食らいますよ」

それについては完全同意だ。

「俺が勧めたい最大の理由は、ここで採れるある果物にあります」

「果物？」

「実を言うと……俺はこれが新しい時代を切り拓《ひら》くスーパーアイテムになり得ると踏んでいるんですよ！」

えらく自信満々のネモ。

そこまで言うなら、是非ともそのスーパーアイテムとやらを拝んでみたいものだな。

「ねぇ、アルヴィン」

ゴブリン退治へ乗り気になっていると、レクシーが俺の服の端《はし》っこを指でつまんで引っ張ってくる。

「ゴブリン討伐クエスト……受けるの？」

「そのつもりだけど？」

「じゃあ、あたしも一緒に行くわ！」

「えっ？　いいのか？」

「もちろん！　一宿一飯の恩義ってヤツよ」

義理堅《ぎりがた》いなぁ、最近のエルフは。

そういったわけで、ガナードたちが討伐失敗した北の森のゴブリン退治に、俺とシェルニ、そして、臨時に加入したレクシーとネモの四人で出向こうとしたのだが、その時、

「ごきげんよう！」

店の扉《とびら》を勢いよく開けて、オーレンライト家のフラヴィア嬢《じょう》が訪ねてきた。

「朝っぱらから元気なお嬢様だなぁ……ていうか、いつも狙いすましたかのようなタイミングで来るなぁ……」

俺は聞こえないようにボソッと呟《つぶや》いた。

「あの、旦那……こちらの方は？　見たところ、貴族のお嬢さんのようですが……」

「そうだ。オーレンライト家の御令嬢《ごれいじょう》だよ」

「ああ、オーレンライト家の――オーレンライト家!?」

軽く流そうとしたけど、ネモのリアクションが全部ぶち壊《こわ》した。

「あら？　なんだか知らない方が新しく加わっていますね？」

「臨時メンバーだよ」

「臨時？　……あら？　そちらのエルフ族の方は……」

フラヴィアが視界に捉《とら》えているのはレクシーだった。

「ああ、この子はレクシー。昨日知り合ったばかりだけど、すっかり意気投合してね。今日は一緒にクエストへ挑むことになっているんだ」

「そうでしたの……」

なぜだかフラヴィアの視線はレクシーへ釘付《くぎづ》けとなっていた。

「？　どうしたんだ、フラヴィア」

「いえ……もし、そこのあなた」

「へっ？」

「以前、どこかでわたくしとお会いしませんでしたか？」

何だ？

もしかしてふたりは顔馴染《かおなじ》みとか？

俺はレクシーへと視線を移す。

「き、気のせいじゃないかな？　あたしみたいなしがない冒険者が、天下のオーレンライト家の御令嬢様と顔見知りなんてあり得ないわよ」

そう言い切ったレクシー。

フラヴィアも「……そうですわね」と納得した様子。

「では、そちらの男性は？」

「古い知り合いで、ネモというんだ。頼《たよ》りになる人で、クエストの依頼先である村までの案内人も務めてもらう予定だ」

「！　また新しいクエストですの？」

「ああ。だから、今日のところはこのままお引き取りを――」

「ではわたくしも同行いたしましょう」

「……はあ？」

いきなり何を言いだすんだ、このお嬢様は。

「あの、フラヴィアお嬢様……俺たちが行くのはゴブリンが棲みついている北の森だ。あなたのような高貴な人の行くところじゃない」

「それでは準備をしてきますので、少々お待ちいただけますか？」

「………………」

聞く耳持たず。

フラヴィアは準備をするため、一旦《いったん》その場を離れた。どうも、贔屓《ひいき》にしている店がこの近くにあるらしく、そこで一式揃《そろ》えるらしい。

「ど、どうします？」

恐る恐る尋《たず》ねるネモ。

このまま置き去りにしてもいいが……。

「アルヴィン様……あの人、悪い人ではないと思います」

静かだが、強い意思を感じさせるシェルニの助言。

実を言うと、俺もまったく同じ考えだった。

厳密に言えば、ギルドで初めて会った時の彼女は紛《まぎ》れもなく「悪いヤツ」だった。しかし、ここ最近会っているうちに、憑《つ》き物が取れたというか……なんだか、吹っ切れて晴れやかな顔つきになった気がする。

だからといって、冒険者たちを金で焚《た》きつけるようなマネはいただけないし、あの子の親衛隊の一員だったリチャードとハミルの態度も許されるものじゃない。

「旦那……あの子は仲間に引き込んどいた方がいいんじゃないですか？」

「わ、私もそう思います！　……確かに、ギルドでの振る舞《ま》いは怖《こわ》かったですけど、今はまるで違う人のように感じます！」

今度はネモがそんなことを囁《ささや》いてくる。それに、シェルニも触発《しょくはつ》されたみたいだ。

「……はあ」

俺は一度大きく息を吐《は》く。

まあ、少し様子を見てみるか。

それからしばらくすると、遠征《えんせい》準備を整えたフラヴィアが戻ってきた。

「お待たせしましたわ」

その姿を一目見た感想は「意外としっかりとした装備だな」だった。

てっきり、金にものを言わせた機能性無視の豪勢な装備だと予想していたが……理にかなっているし、そこまで華美《かび》なものではない。

「さすがは魔法使《まほうつか》いの名門として名高いオーレンライト家の令嬢殿《どの》……いい装備をチョイスしてきたなぁ」

感心したように頷くネモ。

それについては素直に同意する。

「では、改めて北の森のゴブリン討伐へ向かいましょうか」

「あ、ああ」

……この様子だと、純粋《じゅんすい》に張り切っているように見えるな。

「あたしたちも負けていられないわね、シェルニ」

「はい！」

フラヴィアのヤル気はレクシーとシェルニにも好影響を与えているようだ。

今のところはプラスの効果が出ているのでよしとするけど……とりあえず、何か裏がないかどうか、道中もチェックさせてもらうとしよう。

第六章 ゴブリン討伐《とうばつ》と開店初日

THE EXILED SWORDSMAN MERCHANT GROWS UP AT HIS OWN PACE

「いや～、馬車の旅は快適ですね～」

ネモの言う通り、馬車の中とは思えない、ゆったりとした広い空間に、俺《おれ》、ネモ、シェルニ、レクシーそしてフラヴィアの五人は座《すわ》っていた。

もちろん、これはフラヴィアお嬢様《じょうさま》の物。

俺たちも馬車を借りていくつもりだったから、馬車代は浮《う》いたけど……。

「よかったら食べますか？」

「なんですか、これ？」

「うちのメイドが作ったクッキーですわ」

こっちはこっちでなんか馴染《なじ》んでいるし……シェルニの順応力が日に日に増しているような気がするな。

「でも、あなたほどの腕前《うでまえ》を持った人がゴブリン狩《が》りなんて珍《めずら》しいですわね」

「いろいろと事情がある。それに——救世主ガナードでさえ攻略《こうりゃく》できなかったクエストっていうのも気になる」

俺が元救世主パーティーの一員ということは伏《ふ》せてある。それはネモにも通達済みだ。理由は余計なトラブルを避《さ》けるためだったが、

「救世主ガナード?」

その言葉がフラヴィアの中にある「何か」に触《ふ》れてしまったようだった。

どうやらガナードと何かしらの因縁《いんねん》があるらしいフラヴィア。

詳細《しょうさい》こそ語らなかったが、俺がガナードの名を出した時、一瞬《いっしゅん》だが表情が大きく変化した。……まあ、あいつのことだから、何か粗相《そそう》でもして怒《おこ》らせたのかな?

快適な馬車の旅はおよそ二時間で終了《しゅうりょう》。

俺たちは目的地であるセーズという小さな村へとたどり着いた。

そこは村全体を頑丈《がんじょう》な柵《さく》で覆《おお》っていて、モンスターの侵入《しんにゅう》を防いでいる――ように見えるが、正直、あの程度では気休め程度にしかならないだろうな。現に、柵の一部は破損が激しいがそのまま修繕《しゅうぜん》されずに放置されている。無駄《むだ》な抵抗《ていこう》だと感じているから、手入れを怠《おこた》っているのだ。

村へ入ると、周りの人たちがチラチラとこちらを見ている。

その目に光はなく、どこか陰鬱《いんうつ》とした空気が村全体を包んでいた。どうやら、村人たちは心身ともに限界スレスレってところらしい。

「…………」

あれほどやかましかったフラヴィア嬢も、さすがにだんまりか。

もっとも、お嬢様にはこういったいかにも田舎《いなか》って感じの空気が合わないだけかもしれないが。

「まずは村長に会いましょう」

ネモの提案により、俺たちは依頼主《いらいぬし》である村長へ会いに行くことにした。

村長宅は村の最奥部《さいおうぶ》にあり、とくに警戒《けいかい》が厳重なところだった。

物々《ものもの》しい雰囲気《ふんいき》であったが、肝心《かんじん》の村長は俺たちの来訪を歓迎《かんげい》してくれたので、ホッと一安心する。

というのも、ガナードたち救世主パーティーが敗北してからはこのクエストを受けようとする者が激減したらしく、おまけにゴブリンたちを勢いづけてしまったのか、これまで以上に被害《ひがい》が出るようになったのである。

こうなっては、住み慣れたこの土地を離《はな》れるしかないのでは、と真剣《しんけん》に議論されているとのことだった。村人たちに元気がなかったのはそのためか。

本来は遺跡《いせき》調査のため、王国から支援金《しえんきん》も出るらしいが、棲《す》みついたゴブリンのせいでその話も頓挫《とんざ》し、村は今困窮《こんきゅう》の只中《ただなか》にいる。

「そういうことだったか……」

どうやら、想定していた以上にモンスターの被害は深刻なようだ。

「アルヴィン様……」

言葉数少なく、しかし真《ま》っ直《す》ぐに俺へと訴《うった》えかけるシェルニ。

……最初はネモが勧《すす》めるこの村の特産品に興味があったけど、さすがにこの状況《じょうきょう》を放置しておくわけにはいかないよな。

「あたしたちでこの村の人たちを助けてあげましょう！」

「もちろん、そのつもりだ」

レクシーも乗り気だな。

問題はお嬢様の方だけど――

「わたくしもお供いたしますわ！」

おっと、意外だな。

てっきり嫌気《いやけ》がさして帰るって言いだすと思ったけど……しかも、何かただならぬ決意のようなものを感じるな。

とはいえ、些細《ささい》なことではあるが、一緒《いっしょ》に戦ってくれるのならそれくらいのモチベーションはあった方がいい。

「よし！　そうと決まったら早速《さっそく》森へ突撃《とつげき》といきましょう！」

こちらもヤル気満々のネモ。

長丁場になるのも嫌《いや》だし、早めに行動したいという気持ちは分かる。


討伐クエストを円滑《えんかつ》に進めるため、俺たちはまず作戦会議を開くことにした。

北の森に棲みつくゴブリンはどういうわけだか、他のゴブリンたちよりも知能が高い。

ガナードたちが連中を相手にどう攻《せ》めたのかは不明だが、以前、別の都市で知り合った冒険者《ぼうけんしゃ》からは、知らぬ間に狭《せま》い道へ誘導《ゆうどう》され、そこで一斉攻撃《いっせいこうげき》を浴び、パーティーは壊滅《かいめつ》したという話を聞いた。

そのことから考えるに、恐《おそ》らくゴブリンたちは住処《すみか》にしている遺跡周辺にさまざまな罠《わな》を仕掛《しか》けているのだろう。

細心の注意を払《はら》って進めば、罠にかかることはない。

しかし、それではヤツらの住処へたどり着くまでに時間がかかるし、その間、ヤツらは別の策に打って出る可能性もある。

改めて考えると、本当に厄介《やっかい》な連中だな。

「どうしましょうか……」

「遺跡の奥《おく》が住処というなら、そこにまだ何かを隠《かく》している可能性もありますわね」

シェルニとフラヴィアの懸念《けねん》はもっともだ。

ならばどうするべきか……答えは簡単だ。

「……全員、戦闘《せんとう》準備を整えてくれ」

俺はシェルニたちへそう声をかけた。

三人は「なんで急に？」と不思議そうにしていたけど、こちらからの指示に従い、武器を手に取っていつでも戦える態勢を整える。

「旦那《だんな》……何をする気で？」

不安げに尋《たず》ねるネモに、俺はこう語りかけた。

「みんなが心配している通り、道中でのトラップや戦闘での体力消耗《しょうもう》は極力避けたい。——そこでだ。面倒《めんどう》な回り道はやめて、直接ヤツらの根城へ突入《とつにゅう》する」

「？　それができれば苦労はしませんが……どうしますの？」

首を傾《かし》げるフラヴィアだったが、俺が魔剣《まけん》の柄《つか》に手をかけると、その意図を汲《く》み取って表情が強張《こわば》る。

「転移魔法《まほう》を使う」

「て、転移魔法⁉」

驚《おどろ》きの声をあげたのはフラヴィアだった。

魔法の名門一家出身だけあって、転移魔法の重要性を他のふたりよりも理解している反応だった。

「あ、あなた……転移魔法が使えるんですの⁉」

「一応ね」

「そ、そんな……歴代の名だたるオーレンライト家出身の魔法使いたちでさえ、扱《あつか》える者はごくわずかと聞きますのに……」

フラヴィアは言い終えてからも開いた口がふさがらず、茫然《ぼうぜん》としていた。

お嬢様にあるまじき顔だと指摘《してき》してやるべきか……いろいろとやかましく言われそうなので放っておこう。

気を取り直して、俺は地面に魔剣の先端《せんたん》をつける。

すると、俺たちの体はあっという間に白い光に包まれた。

今回はあの巨大《きょだい》な猿《さる》たちを拘束《こうそく》した魔法ではなく、物体を一瞬にして別空間へと移送する転移魔法を使用する。便利な魔法ではあるものの、こいつはかなりの魔力《まりょく》を消費するため、普段《ふだん》はあまり使わないいんだよなぁ。

それでも俺が使う理由としては……今の俺はひとりでなく、四人の仲間がいるという点に尽《つ》きるだろう。

防御《ぼうぎょ》魔法に特化したシェルニ。

冒険者としての実力は確かなレクシー。

それに、実力は未知数ではあるが、名門一族出身のフラヴィアも十分戦えそうだ。

ネモだって、決して弱いというわけではない。

「向こうに到着《とうちゃく》したらすぐに戦闘となる——各自、油断するなよ」

「はい！」

「任せてください！」

「腕《うで》が鳴りますわ」

気後《きおく》れもしていない。

いい精神状態だ。

俺は安堵《あんど》し、魔剣へ魔力を注ぐ。

眩《まばゆ》い閃光《せんこう》が一瞬視界を遮《さえぎ》った——次の瞬間、

「ギギッ!?」

明らかに人でないモノの声。

転移魔法は成功し、俺たちはゴブリンたちの根城である遺跡へと一気にたどり着いた。

その結果、周囲はゴブリンだらけなわけだが、

「はあっ！」

「食らいなさい！」

ネモは愛用の斧《おの》で。

フラヴィアは炎《ほのお》魔法で。

手近なゴブリンたちへ奇襲《きしゅう》攻撃を仕掛ける。

完全に虚《きょ》を衝《つ》かれた形となったゴブリンたちは散り散りに逃《に》げだすも、

「逃がすか！」

俺も加勢し、広範囲《こうはんい》攻撃魔法で数を一気に減らす。

遺跡の外にいたゴブリンたちも事態に気づき、集まって来たが……すでに遅《おそ》かった。

シェルニが得意の防御魔法で守ってくれているおかげで、数で優《まさ》るゴブリンたちの襲撃《しゅうげき》を難なくいなし、攻撃に専念することができた。

ゴブリンは個々の力こそ弱いが、集団になって初めて脅威《きょうい》となる。その脅威を、シェルニの防御魔法が防いでくれた結果だな。

恐らく……ガナードたちにはこれが足りなかったんだろう。

ひとりひとりが己《おのれ》の力を過信し、相手を見下した力任せの戦い方を繰《く》り返した挙句、それを逆手

に取られてカウンターを決められたってところかな。それなりの期間をあのパーティーで過ごしてきたからこそ、展開が手に取るように分かるのだ。

俺たちは誰《だれ》かさんたちと同じ轍《てつ》を踏《ふ》まないよう、互《たが》いをフォローし合いながら、ゴブリンたちを狩《か》っていく。

それから数十分後。

俺たちは遺跡に棲みついたゴブリンたちを、目立った被害を出すこともなくすべて倒《たお》すことができた。

「とりあえず、こんなものかな」

「やっておいてこう言うのもなんですが……割とあっさり決着がつきましたわね」

「アルヴィン様の作戦がよかったからですね！」

「まったくですよ！」

「みんながうまくやってくれたおかげさ。俺の案はきっかけに過ぎないよ」

正直、救世主パーティーよりもずっと連携《れんけい》が取れていた。

ほとんどが今日初めて会ったというのに……よっぽど相性《あいしょう》がいいというのか、うまく呼吸を合わせられたな。

「さて、ゴブリンたちは倒せたが、これで終わりじゃないぞ」

「？　まだ他にやることあったっけ？」

レクシーはピンと来ていないようだが、これもまたモンスター討伐に匹敵《ひってき》する重要な案件だ。解決させないことにはクエスト成功とは言えないだろう。

「ゴブリンたちがここから村までの道中に仕掛けたトラップをすべて解除していく」

「そうでしたわね」

「あー……そういえばそうだったわね」

森の中にトラップが残ったままでは、木こりたちも安心して仕事ができないだろうしね。

俺たちは帰り道を進みながら、仕掛けられたトラップを解除していく。ガナードたちがここへ来てからまだ日が経《た》っていないためか、すでに使用されたと思われるトラップが多く、未発動のものはとても少なかった。

それでも、引っかかれば軽い傷では済まないものばかり……本当に厄介な連中だったんだな、あのゴブリンたち。

すべてのトラップを無効化する頃《ころ》には空がオレンジ色に変化していた。

「なんとか日が暮れる前には片づけられたな」

「報告をしたら、村長さんきっと喜びますよ！　さすがはアルヴィンの旦那だ！」

ネモが誇《ほこ》らしげに言ってくれる。

その後、遺跡に棲みついたゴブリン討伐クエストの成功を村長へ伝えると、腰《こし》を抜《ぬ》かして驚いている様子だった。

しかし、冷静さを取り戻《もど》すと泣いて喜んでくれた。

それから村人たちにも報告をしたのだが、救世主パーティーでさえ達成できなかったクエストゆえに、報告の信憑性《しんぴょうせい》を疑う声も出ていた。

ところが、辺りが暗くなっても森にゴブリンの姿が一体も見えないことに気がつくと、ようやく俺たちの報告を信じてくれたようだった。

これからはゴブリンの脅威に怯《おび》えなくていい。

そのことを理解した村人たちは歓喜《かんき》に沸《わ》いた。

そして、討伐を成し遂《と》げた俺たちの活躍《かつやく》を称《たた》える宴《うたげ》を開いてくれることになったのだった。

◇◇◇

夜になると、各家庭が料理を持ち合い、村の中央にある広場で大宴会《えんかい》が始まった。

俺とネモは酒を受け取るが、シェルニとフラヴィアはまだ法律で飲酒が禁じられている年齢《ねんれい》のため、ピンク色をした果実ジュースが配られた。

この果実ジュースというのが、今回の目玉だ。

「こいつに使われているラヴェリの実というのが俺のオススメなんですよ。あ、ちなみになんですけど、俺たちがもらったこの酒にも同じ果実が使われていますす」

「へぇ……効果は？」

「疲労《ひろう》と魔力の回復です！」

「……こう言ってはなんだけど、普通《ふつう》だな」

「まあまあ、まずは飲んでみてくださいよ」

「どれ……」

回復効果をうたう物って、割とハズレが多いのだが……。

とりあえず、一口含《ふく》んでみると、

「うおっ⁉」

体の中で、何かが弾《はじ》けるような感覚。

それは決して不快なものではなく、むしろ飲み終わった後は爽快感《そうかいかん》に浸《ひた》れる。

飲み終えた感想はともかく、肝心なのは与《あた》えられる効果だが――これも、「素晴《すば》らしい！」のひと言に尽きる。

転移魔法で大量の魔力を消費し、いつになく疲《つか》れていた俺の体が、まるで元の状態に戻ったかのように軽快で力がみなぎってくる。

「こんな凄《すご》い効果だとは……村はもっとこいつを押《お》し出すべきじゃないか？」

「もともとは木こりの多い村で、こういった商売に不慣れなんですよ」

確かに、それは言えるな。

「ラヴェリの実は、この近辺に限ると特別珍しい果実ではありませんし、やりようによっては大量に手に入るんですけど」

ネモはそう説明したが……勿体《もったい》ないな。

こんな素晴らしい物を眠《ねむ》らせてはおけない。

俺は早速、村長へ商談を持ちかけた。

高齢者《こうれいしゃ》が多く、そもそも村人の数が少ないこの村で、ラヴェリの実は持て余し気味だったという村長は、収穫《しゅうかく》したラヴェリの実を俺が買い取ることに合意してくれた。

頼《たの》んでおいてなんだが、村長は迷うことなく即決《そっけつ》だったので、「本当にいいんですか？」と聞き返したが、「君になら任せられる！」とも言ってもらえたので、こちらとしてもラヴェリを売りだす気力が上がったよ。

その場で村長が商談の結果を発表すると、再び村人たちは大歓喜。

特に、ラヴェリの実の収穫作業を主にすることとなるだろう女性たちは、男性たち以上に喜んでいた。

というのも、木こりの多いこの村で、女性がお金を稼《かせ》ぐ仕事に就《つ》くことは難しく、そのせいもあって貧しい生活からなかなか抜け出せないでいた。

なので、収穫作業によって自分たちでも収入を得ることができれば、家計を助けることにもなると大変喜ばれたのだ。

こうして、セーズ村との商談はトントン拍子《びょうし》に進んでいったのである。

宴会も終盤《しゅうばん》に差しかかると、村人たちから少し離れた位置でたたずんでいるフラヴィアを発見する。

さっきまで、村人たちからひっきりなしにお礼を言われ、あたふたしていたが、それも落ち着いてようやくのんびりとしている様子だった。

「大変だったな」

俺はそんなフラヴィアへ声をかける。

第一印象こそ最低最悪だったが、今日の働きぶりや、こうして宴会の最後まで残っている様子を見ると、やはり心境に何かしらの変化が起きたことは間違《まちが》いないようだった。

「わたくし……今日初めて知りました」

「？　何を？」

「自分たちの治めている領地に、ここまで困っている領民の方がいるなんて、思いもしませんでしたわ」

お嬢様であるフラヴィアが……言い方は悪いけど、こんな辺境の田舎の村にまで足を運ぶことはないだろう。なんだったら、この村の存在すら知らなかったかもしれない。

「ですが、今日こうして問題を解決し、涙《なみだ》ながらにお礼を言われ、喜んでいる姿を見ていると……やってよかったと心から思いますわ」

それはきっと、素直《すなお》な本心なんだろうと思う。

フラヴィア・オーレンライトは、この日初めて領主らしい仕事を果たしたと言える。

その実感が湧《わ》いてきたってところかな。これで少しは、今までの態度を改めてくれるといいんだが。

「普通、領主となる貴族はこんなところまで来ないからな。俺としても、君は森に入る前に帰ると思ったけど」

「……それはありません」

「？　何か他に目的でもあったのか？」

「えっ⁉」

なぜか急に狼狽《ろうばい》し始めるお嬢様。

やはり、何か他に狙《ねら》いがあったのか？

……だとしても、今日の働きに関しては素晴らしいものがある。それだけは、認めないといけないな。

「まあ……今日はこれでいいか。お疲れ様、フラヴィア」

「！　は、はい！」

俺とフラヴィアは、静かにグラスを合わせた。

◇◇◇

セーズの村で一泊《ぱく》した後、俺たちは朝早くから持てるだけのラヴェリの実を袋《ふくろ》へしまい、ダビンクへと戻るため帰路に就く。

昼過ぎにダビンクへ到着したのだが、着いて早々、フラヴィアは屋敷《やしき》へ、ネモは新たな情報を求

めて別の町へ、それぞれの次なる場所へと向かっていった。

お嬢様であるフラヴィアはともかく、ネモには情報提供料や報酬《ほうしゅう》の一部を謝礼として与えるつもりだったが、本人がこれを拒否《きょひ》。これからもご贔屓《ひいき》にしていただけるならばいらないと断言したのである。

というわけで、ダビンクへと戻るのは俺とシェルニとレクシーの三人になる。

……そういえば、ゴブリン討伐とその後の宴会に夢中となってしまったせいで、お嬢様とガナードの関係性について聞きそびれたな。

まあ、俺としてはあまりガナードと関《かか》わりがありそうなことについて避けたいって気持ちがあるから、無理に聞こうとも思わないけど。

とりあえず、まずはギルドに立ち寄って戦果報告を行う。

怪我《けが》なく無事に戻って来たことを知った報告相手であるザイケルさんは、「はあー」と盛大《せいだい》に安堵のため息を漏《も》らした。

「アルヴィンがいるからどんなヤツが相手となっても平気だろうなとは思っていたが……厄介な噂《うわさ》ばかり聞くところだったからちょっと気がかりではあったんだよ。とにかく、無事に帰ってきてくれてよかった」

とうとう涙ぐむザイケルさん。

厳《いか》つい顔と肉体だが、案外涙もろいんだよな、この人。

報告を終えると、俺たちは店へと戻って来た。

不在中に侵入されないよう張っておいた結界魔法を解いていると、背後からレクシーに声をかけられる。

「ね、ねぇ、アルヴィン」

「うん？　どうした？」

「あたしもこの店にいさせてくれないかな？」

「いいよ」

「さすがに急には――って、本当⁉」

俺があっさりと言ったものだから相当驚いているな。

「というか、むしろ俺からもお願いしたいくらいだ。冒険者としての知識も豊富だし、店で販売《はんばい》するためのアイテム回収もお願いできるし」

「そういうのなら任せてよ！」

満面の笑《え》みで力こぶを作ってみせるレクシー。

「なら決まりだな。これからよろしく、レクシー」

「ええ、よろしくね！」

俺たちが握手《あくしゅ》を交《か》わすとそこへシェルニも加わった。

「よろしくお願いします、レクシーさん」

「こちらこそ、よろしくね、シェルニ」

シェルニにとっても、頼《たよ》れるお姉さんが入って嬉《うれ》しいだろう。男の俺には相談しにくいこととかあるだろうし。

こうして、レクシーも正式にうちの店の一員となったのだった。


店内に戻ると、セーズ村の村長夫人からいただいたレシピを参考にキッチンでラヴェリの実を使ったジュースを作ってみた。

十分ほどで試作第一号が完成。

早速試飲してみる。

「うーん……もうちょっと甘《あま》みがあった方がいいかな？」

「私もそう思います」

「そう？　あたしは今くらいでちょうどいいかな」

この辺は好みの問題もあるからなぁ。

とりあえず、まずくはないし、回復力も変わらない。

「よし、まずはこれでいってみようか。もし不評が多かったら味を変更《へんこう》すればいいし」

「「賛成！」」

明日は盛大に店先で試飲会を実施《じっし》し、そこでの評判で今後の方針を決めることで意見はまとまった。

果たして、冒険者たちはどんな反応を見せてくれるのか。

楽しみだな。

◇◇◇

次の日の朝。

とうとう俺の——いや、俺たちの店は開店初日を迎《むか》えた。

本格的にこのジュースを売りだすために客である冒険者たちの貴重な意見を聞こうと、店先にちょっとした屋台を設置した。

俺たちが作業をしていると、朝一でダンジョンに潜《もぐ》るためギルドへ向かう途中《とちゅう》の冒険者たちが興味を持って集まって来る。

「おっ？　あの大猿《おおざる》を倒した兄ちゃんじゃないか」

「ザイケルの旦那が言った通り、商人として店を構えていたとはな」

「店内を見てもいいか？」

「どうぞ。まだ品数は少ないけど」

三人の冒険者たちが早速店を訪《おとず》れた。

すると、さらにそこへ新たなお客が。

「いよいよオープンしたのにゃ！」

リサだった。

「あれ？　リサ？　ギルドでの仕事はいいのか？」

「今日は休みにゃ！」

「そうだったのか。だったら、ちょうどいいところに来たね、リサ」

「？　どういう意味？」

「これ、飲んでみてくれ」

そう言って、俺はラヴェリジュースを差し出す。

「変わった色の飲み物にゃ……薬草でも配合しているのにゃ？」

「まあ、そんなところだ。飲んだら感想を聞かせてくれ」

「お安い御用《ごよう》にゃ！」

木製のコップを受け取ったリサは物怖《ものお》じせずにがぶがぶと飲み干す。そして、

「うまいにゃっ⁉」

高らかにそう叫《さけ》んだ。

「程よい甘みで全然しつこくなくて、むしろ爽やかさすらあるにゃ！　それに……なんだか凄く力がみなぎる感じがするにゃ！」

町の有力者であるザイケルさんの娘《むすめ》で、冒険者たちもよく知るリサが大声で製品アピールをしてくれた効果もあり、どんどん人が店に集まってくる。

ここで、人々の注目をより集めるため、追撃《ついげき》を加えよう。

俺がレクシーへと目配せをすると、それに応《こた》えるように小さく頷《うなず》いて一歩前に出た。

「このドリンクは本当に凄いのよ。みんなも飲んでみて」

「そ、そんなに凄いのか？」

「リサ嬢だけでなく、あのレクシーも言うなら本当にいい代物《しろもの》かもしれん」

「ほらほら、騙《だま》されたと思って飲んでみてよ」

心揺《ゆ》らいでいる者たちへ、最後の一押《ひとお》しとばかりにレクシーはドリンクの入った木製のコップを手近にいた厳つい顔のおっさんへと渡《わた》す。

動揺《どうよう》しながらも受け取ったおっさんは、それでも最初は「い、いいのか？」と遠慮《えんりょ》がちに尋ねていたが、レクシーから直々にゴーサインがでると、ジュースを口に含んだ。

そして、「うまっ⁉」とまったく同じリアクションを見せてくれた。

「うまいだけじゃねぇ……昨日の疲れが取れなくて困っていたんだが、それがいっぺんに全部吹《ふ》き飛んじまった！」

「それはよかった」

「一体何を配合したらこんな効果が得られるんだ⁉」

「まあ、いろいろね。冒険《ぼうけん》のお供に一本どうだい？」

「もちろんいただく！」

早速お買い上げいただいた。

その光景を目の当《まあ》たりにした他の冒険者たちも、店先に集まってくる。

「お、俺にもくれないか？」

「こ、こっちにもくれ！」

「値段はいくらだ？」

ラヴェリジュースは物凄《ものすご》い勢いで売れていく。

これだと、昨日仕入れた分は数日で終わりそうだ。

村の若者がここまで運んできてくれる契約《けいやく》になっているが、このペースだとすぐに消費してしまう……ならば、

「悪いが、こいつは一日の個数限定商品なんだ。なくなり次第《しだい》、本日の販売は中止となるから、今後は気をつけてくれ」

「むっ？　げ、限定だと……？」

限定という言葉に、購買《こうばい》意欲をそそられている様子の冒険者たち。

その目つき……どうやら、こちらの狙いとは裏腹に、限定という単語が余計に購買意欲を刺激《しげき》してしまったらしい。

まあ、数に限りがあることを先に言っておけば、後で数が足りないからってトラブルに発展することもないだろう。

ラヴェリジュースの売り上げはその後も絶好調で、客足は途絶《とだ》えなかった。店にあった商品もほとんど売り切れたみたいだし、こりゃすぐにでも補充《ほじゅう》が必要だな。

ちなみに、このダビンクに古くからあるアイテム屋や武器屋とは、商品の方向性を少し変えてある。

冒険者たちはそれぞれ自分の特性に合った武器をチョイスしたり、ダンジョンの特性を考慮《こうりょ》したアイテム選びをしているので、それがかぶらないようにリサーチをしているのだ。

ザイケルさんや、他の同業者たちと潰《つぶ》し合わないための工夫《くふう》だ。

そのため、冒険者たちも他の店では手に入りにくい品を入手できてご満悦《まんえつ》といった様子だった。この調子で、これからも売り上げを伸《の》ばしていこう。


辺りが夕闇《ゆうやみ》色に染まり、多くの人々が仕事を終えて帰路に就き始めた頃、俺たちは店じまいをすることに。

「凄い賑《にぎ》わいでしたね！」

「ホント、まさかあそこまで盛り上がるなんてねぇ」

「私も少しは貢献《こうけん》できたかにゃ？」

「少しどころじゃないよ、リサ。手伝ってくれて本当にありがとう。シェルニとレクシーも、一日お疲れ様」

初日の売り上げとしては期待値以上でひと安心。まずは好スタートを切れたことに胸を撫《な》で下ろした。

片付けがほとんど終わり、夕食の準備に取りかかろうかと話をしていた時だった。

見覚えのある豪華《ごうか》な装飾《そうしょく》の施《ほどこ》された馬車が、俺たちの店の前で停《と》まる。

「ごきげんよう」

中から出てきたのはフラヴィアだった。

「あら、用件を早めに切り上げて飛んで来ましたのに、もう閉店ですの？」

「悪いな。商品はもう売り切れちゃったんだよ」

「それは残念ですわ。……例のジュースも？」

「……ここだけの話だが、まだちょっと残っているんだ。飲んでいくか？」

「！　もちろん、そうさせてもらいますわ」

ラヴェリジュースが残っていると知った途端《とたん》、表情が一気に明るくなるフラヴィア。よく考えたら、ゴブリン討伐の際はお嬢様も大活躍してジュース販売に大きく貢献しているんだから、飲めないのは可哀想《かわいそう》だよな。

「この後、俺たちは晩飯を食べるんだが……フラヴィアも食べていくか？」

「よろしいんですの？」

「食材はあるはずだから問題ないが……庶民《しょみん》の味がお嬢様のお口に合うかどうか、心配なのはそこだけだな」

「庶民の味……この前の宴の時に出された料理ですの？」

あ、そうか。

フラヴィアはセーズ村の宴会に参加していたんだった。

「まあ、あんな感じかな」

「それでしたら問題ないかと。とてもおいしい料理の数々でしたから」

確かに、あの宴会料理はうまかった……って、

「な、なんだかプレッシャーが……」

「そこまで気にしなくてもよろしいのに。アルヴィンさんがどのような料理を振《ふ》る舞《ま》ってくれるのか、今から楽しみにしていますわ」

クスクス、とイタズラっぽく笑うフラヴィア。

……そういう表情もできるのか。

なんというか、すっかり毒が抜けて素の反応を見せるようになってきたな。

「あっ！　フラヴィアさん！」

「お嬢様がこんな時間にうろついていて大丈夫《だいじようぶ》なの？」

店内に戻っていたシェルニとレクシーが話し声を聞いてやってきた。その反応は王国にその名を轟《とどろ》かせる御三家《ごさんけ》の令嬢《れいじよう》を相手にしているというより、仲の良い友人が訪ねてきた時のようなものであった。

「シェルニさん、レクシーさん、わたくしも夕食をいただいてよろしいでしょうか？」

「大歓迎ですよ！」

「なんだったら一緒に作る？」

「いいんですの？」

ついには料理にまで関心を持ちだしたか。

お嬢様の好奇心《こうきしん》に驚きつつ、俺は店の入り口にぶら下げた木札を「閉店」と書かれた方へとひっくり返す。

賑やかな夜は、まだ始まったばかりだ。

幕間⑤ Side:救世主パーティー

魔王《まおう》率いる魔王軍から世界を救うために旅を続ける救世主パーティー。

旅路は順調そのもので、この調子ならば魔王軍の幹部である魔族《まぞく》六将も全員倒《たお》し、魔界《まかい》に居を構える魔王の討伐も時間の問題だろうと考えられていた。

しかし、リーダーであるガナードが、ひとりの男をパーティーから追放したことで状況は一変する。

かつて、魔族六将のひとりである氷雨《ひさめ》のシューヴァルと激闘《げきとう》を繰り広げた聖騎士《せいきし》ロッドの一番弟子であるアルヴィン。魔剣士として優《すぐ》れた力を持っていたアルヴィンだが、ガナードはそんな彼《かれ》を嫌《きら》っていた。

救世主として周囲から期待され、それに見事応え続けてきた。

だが、その背景にあるのは、ガナード自身が商人に転身するよう強要したアルヴィンのサポートがあってからこそ達成できたことだ。

ガナードは、それを強く感じていた。

聖剣《せいけん》と自分の力だけではない。

アルヴィンがいたから勝ち続けられた。

彼の的確な情報と判断力、そして入念な準備があったからこそ、難攻不落《なんこうふらく》と言われたダンジョンでさえ難なく攻略できたのである。

それは、救世主として生きてきたことで、人並み以上に高いプライドを持つようになったガナードにとって屈辱《くつじょく》だった。

聖騎士ロッドのもとで厳しい修行を積んだ結果、魔剣士としても一流となったアルヴィンの実力は相当なもので、聖剣を持つ神に選ばれたガナードも、その戦いぶりを前に「直接戦ったら負けるかもしれない」という気持ちが生まれた。

たった一瞬《いっしゅん》よぎった敗北した自分の姿。

しかし、ガナードにはその一瞬の思考が許せなかった。

自分に敗北を想像させたアルヴィンを次第《しだい》に邪魔《じゃま》な存在だと思うようになったガナードは、商人にして戦闘から外した。ところが、そこでもアルヴィンは成功を収め、多くの人々から頼られる存在になっている。

ガナードのアルヴィンに対する一方的な憎悪《ぞうお》は日に日に増していった。

だが、人々から認められるようになってくると、皮肉にもアルヴィンは商人としての役割をほとんど失うこととなった。

これを好機と捉《とら》えたガナードは、戦闘でのミスの責任を押し付け、アルヴィンをパーティーから追放し、自分の息のかかったミーシャとラッセを新たに加えた。

これで、すべてはガナードの思いのままになるかと思われた。

——が、事態はガナードの思惑《おもわく》とは正反対の方向へ進んでいくのだった。

◇　◇　◇

「何？　どういうことだ？」

救世主パーティーが宿泊《しゅくはく》する高級宿屋。

そこを貸し切りにしていた救世主ガナードは、目の前に立つ情報屋のミーシャをキッと睨《にら》みつけていた。ガナードの周囲には聖拳士《せいけんし》タイタス、魔導士《まどうし》フェリオ、そして新たに加わった剣士ラッセの三人も控《ひか》えている。

四人からの視線にさらされるミーシャは涙目で震《ふる》えていた。

「もう一度聞くぞ、ミーシャ……今、なんて言った？」

「そ、その……て、店主の話だと……ここの宿代については……き、きちんと支払《しはら》ってもらいたいと……」

これまで、宿屋にアイテム屋に武器屋など、そういった店での代金は、ずっと店の人間から「結構ですから」と支払わずにいた。

それはガナードが不敗の救世主だから。

どんな相手でも負けない強者《つわもの》だから成り立っていたのだ。

しかし、ここ最近のガナードはいいところがない。

北の森でのゴブリン討伐《とうばつ》に失敗して以降、ガナード率いる救世主パーティーはこれまでのような戦果を挙げることができずにいた。その名を轟かせた快進撃《かいしんげき》がまるで嘘《うそ》だったかのように、敗北を繰り返していた。

それはやがて一般人《いっぱんじん》たちの間にも広がり、その結果、救世主パーティーの評判は今や下降の一途《いっと》をたどっていた。そのため、これまでのような贅沢三昧《ぜいたくざんまい》の豪遊《ごうゆう》生活を送るのが難しくなっていたのである。

しかし、ガナードはそれを認めない。

店主へ抗議《こうぎ》をするため、ミーシャを押しのけて一階のカウンターへと向かう。

ロビーでは複数の冒険者《ぼうけんしゃ》たちがいた。

そこらの冒険者とは格が違《ちが》う、いわゆる一流パーティーの面々。

そんな彼らは新聞を読みふけっているようだった。

「しかし、この記事で紹介《しょうかい》されている魔剣使いの男っていうのは凄《すご》いな」

「ああ、こんなヤツがこれまでずっと無名だったなんて信じられない」

ふたりの冒険者は、とある魔剣使いの話題で盛り上がっていた。

「魔剣使い……」

店主へ抗議に向かっていたガナードは、男たちへ近づいていく。

その途中、今度は別の席に座る冒険者たちの声が耳に入った。

話している内容はやはり名うての魔剣使いについて。

「まさかこれほどの小規模パーティーで北の森のゴブリンやドレット渓谷《けいこく》のギガンドスを倒すなんて……余程《よほど》の腕利《うでき》きなんだろうな」

「へぇ、そりゃ凄ぇな」

「⁉」

自分では討伐できなかったクエストを達成した魔剣使いの男。

そんなことをやってのける人物など、ひとりしかいない。

「アルヴィン……‼」

どこまでも自分の邪魔をする存在。

ガナードの怒《いか》りのゲージが溜《た》まる中、彼の接近に気づいていない冒険者たちはとうとう決定的な一言を放つ。

「このゴブリン討伐クエストって、救世主ガナードが失敗したヤツだよな？」

「そうそう。救世主とか偉《えら》そうなこと言っているくせに、まさかゴブリンなんかに後《おく》れをとるなんてなぁ」

次の瞬間、男たちはガナードの持つ聖剣の一撃《いちげき》を食らい、店の外まで吹き飛んだ。

「よせ、ガナード！」

「まずいっすよ、ガナード様！」

タイタスとラッセが慌《あわ》てて止めに入るが、宿屋は半壊《はんかい》。

それでも、ガナードの怒りは収まらなかった。

「クソがっ！　アルヴィンのくせに……‼」

アルヴィンに対する理不尽《りふじん》な怒りで、ガナードは周りが見えなくなっていた。

結局、この日の事件が大きなきっかけとなり、救世主パーティーはさらにその評判を落としていくのだった。

第七章 お嬢様《じょうさま》、初めてのダンジョン

THE EXILED SWORDSMAN MERCHANT GROWS UP AT HIS OWN PACE

窓から差し込《こ》む朝日が顔を照らす。

「う、うぅ……」

眩《まぶ》しさに身もだえながら、あくびを噛《か》み殺してゆっくりと起き上がった。

廊下《ろうか》に出て、すぐ横にある洗面所へと向かう。そこには木製の桶《おけ》に入れられた大きな石があり、そこへ魔力《まりょく》を流すと水が溢《あふ》れ出る。これこそ、水の魔鉱石《まこうせき》が持つ特性だ。

冷たい水を手ですくい、それを顔につけて眠気《ねむけ》を洗い流す。

やっぱり、寝起《ねお》きには水の魔鉱石が一番だ。

濡《ぬ》れた顔をタオルで拭《ふ》くと、俺《おれ》は朝食を作るためキッチンを目指した。

「卵とパンはまだあったよなぁ。あとはサラダとスープか」

簡単なメニューを口ずさみながら歩いていると、目的地のキッチンから人の気配がすることに気づいた。

「？　シェルニかレクシーがキッチンに？」

しかし変だな。

シェルニはまだ手伝いなしでの料理は難しい。

レクシーはできるのだが、朝が弱いため、こんな早い時間にひとりで起き上がってくることはまずない。

だとしたら……一体誰《だれ》がキッチンにいるんだ？

「まさか……泥棒《どろぼう》？」

だとしたら、いい度胸をしている。

俺は物音を立てないよう慎重《しんちょう》に近づいていき、不法侵入《しんにゅう》していると思われる人物の顔を拝むためにキッチンを覗《のぞ》き込んだ。

そこにいたのは意外すぎる人物であった。

「フラヴィア⁉」

「きゃっ⁉　お、驚《おどろ》かさないでくれます？」

驚いたのはこっちだよ。

「な、なんでフラヴィアがここに……？」

「ちょっと所用がありまして、立ち寄らせていただきましたの」

なるほど。

「そのついでに、まだ寝ているみなさんへ朝食を作ろうとキッチンをお借りしていましたわ」

そこから分からない。

「……なんだかよく分からないが……どうやって入ったんだ？」

「普通《ふつう》に表のドアから。施錠《せじょう》されていないようでしたので」

「えっ⁉」

しまった。

昨夜うっかり忘れてしまったみたいだ。

「ダビンクの町は、ザイケルさんたち自警団の方々が夜もしっかり見回りを行ってくれているおかげで比較《ひかく》的治安はいいですし、最近ではあなたが不穏《ふおん》な動きを見せている北区の悪党たちを成敗してくれたおかげでさらによくなりましたわ。……ですが、油断大敵。悪党というのはどこに潜《ひそ》んでいるか分かりませんから、お気をつけて」

「ああ、肝《きも》に銘《めい》じておくよ」

意外と防犯意識が高いんだな。

お嬢様だから、その辺は使用人に任せっきりで雑なんだと思っていたけど。

それと、もうひとつ驚かされたことがある――料理の手つきだ。

数日前、シェルニやレクシーと一緒《いっしょ》に夕食を作っていた際に「自分で料理をするのは初めてですわ」と発言していた。その言葉が示す通り、フラヴィアの手つきはおぼつかなく、見ていてヒヤヒヤするものだった。

しかし、今キッチンで料理をしているフラヴィアは、まるで別人のようにテキパキとした動きで料理を作っていく。料理の邪魔《じゃま》にならないよう、長い髪《かみ》を後ろでまとめたポニーテールにして、しっかりエプロンまで着用している。

あれはうちのじゃないな……もしかして、自前なのか？

とにかく、その振《ふ》る舞《ま》いは料理への熱意に溢れていたのだ。

「随分《ずいぶん》と手際《てぎわ》がいいな……練習したのか？」

「屋敷《やしき》でほんの少しだけ。メイドたちに教わりましたわ」

ここで料理をやってうまくいかなかったことが忘れられなかったんだな。

だが、短期間のわずかな練習でここまで上達するのは本人の資質も大きく関係しているのだろう。

器用に何でもこなせる天才肌《てんさいはだ》。

しかし、努力は決して怠《おこた》らない。

フラヴィア・オーレンライトとは、そういう女の子だ。

「じきに完成しますから、シェルニさんとレクシーさんを起こしてきてください」

「ああ……」

「？　なんですの？」

「いや、そうしていると、なんだか若奥《わかおく》さんって感じがするなぁって」

「⁉」

俺の不用意なひと言がフラヴィアを大きく動揺《どうよう》させてしまったようで、手にしていたお玉を床《ゆか》に落としてしまった。

「きゅ、急に変なことを言わないでくれます⁉　大体、わたくしはアルヴィンさんと結婚《けっこん》した覚えはありませんわよ⁉」

「す、すまん……というか、別に俺の奥さんってことで話したわけじゃ――」

「っっっっ⁉」

まずい。

爆発《ばくはつ》しそうなくらい顔が真っ赤になってしまっている。

俺はその場から逃《に》げるようにそそくさとキッチンを出ると、シェルニとレクシーを起こしに向かった。


四人での朝食はとても盛り上がった。

シェルニやレクシーはフラヴィアとすっかり打ち解け、仲の良い友人として遠慮《えんりょ》なく接しているように映る。フラヴィアも、そんなふたりの態度が嬉《うれ》しいようで、終始笑顔を絶やさず、口調も明るく弾《はず》んでいた。

食事を終え、コーヒーを飲みながらひと息ついていると、フラヴィアが輝《かがや》く瞳《ひとみ》をこちらに向けて尋《たず》ねてくる。

「今日はどちらへ行かれるの？」

「えっと……アイテム収集のためにダンジョンへ行こうと思っているよ」

「そうですの。では、わたくしもお供いたしますわ」

「じゃあ、あと一時間後に出発ということで」

「……ついてくるなとは言わないのですね」

「言ったところで無駄《むだ》だろう？」

「わたくしという人間をよく分かっているようでひと安心ですわ」

ニコッと微笑《ほほえ》むフラヴィア。

まあ、ゴブリン討伐《とうばつ》の件でどれほどの実力者なのかは承知している。あれだけの数のゴブリンを相手にしながらも、臆《おく》することなく立派に戦えていた。あの時の難易度に比べたら、今日潜《もぐ》る予定のダンジョンなんてピクニック気分で平気なくらいだ。

「フラヴィアさんも一緒にダンジョンへ行くんですか⁉」

「お嬢様には過酷《かこく》な現場じゃない？」

シェルニとレクシーも基本は歓迎《かんげい》の姿勢だが、やはり心配しているのはフラヴィアがそういった場所に不慣れなこと。

貴族の御令嬢《ごれいじょう》にとってはこの世でもっとも縁遠《えんどお》い場所だからなぁ、ダンジョンって。

「その点はお気になさらず。どういった場所かはすでに関連書物で把握《はあく》済みですわ。何が来ても弱音を吐《は》くようなマネはいたしません」

毅然《きぜん》とした態度でフラヴィアは言い切った。

実戦と文献《ぶんけん》とでは違《ちが》いがあると忠告しようとしたのだが、その力強い眼差《まなざ》しはそういったこちらの不安を軽々と吹《ふ》き飛ばしてしまう。

本当に……不思議な子だな。

彼女《かのじょ》が口にしたことは、ことごとく実現していきそうな感じがする。

「よし！　お嬢様のフラヴィアがここまで言っているんだ。本職の俺たちが後れを取らないようにしないとな！」

「望むところよ！」

「頑張《がんば》りましょう！」

フラヴィアの言動は俺たちにも好影響《こうえいきょう》を与《あた》えてくれた。

こうなったら、お嬢様にいいところを見せなくちゃな。

◇◇◇

今回潜るダンジョンは俺たちにとっても初挑戦《はつちょうせん》の場所だ。

ここの最大の目玉は、なんと言っても巨大《きょだい》な地底湖。

大型の水棲《すいせい》モンスターが生息しているらしいが、周辺には激レアのアイテムが眠《ねむ》っている宝箱があるとまことしやかに噂《うわさ》されている。

ただ、その噂は眉唾物《まゆつばもの》というわけではなく、現にこのダンジョンからとんでもない額のアイテムを持ち帰った冒険者《ぼうけんしゃ》も複数人存在している。

その記録はダビンクの冒険者ギルドにも残っていた。

そういったこともあり、ここは一攫千金《いっかくせんきん》を狙《ねら》う冒険者たちで年中賑《にぎ》わっているのだ。

「み、見たことないくらいたくさんの人がいますね」

シェルニは冒険者の多さに目を丸くしていた。

高額アイテムをゲットするため、ダンジョン周辺にテントを張って何日もトライする冒険者も少なくないからな。

ここでは他のダンジョンとは違い、アイテムだけでなく、攻略《こうりやく》に関するヒントさえも売買の対象となる。それくらい、このダンジョンは次元が違うのだ。

その話だけ聞くと、相当難易度が高いダンジョンのように思えるが、それらはあくまでも激レアアイテムを手に入れようとした際に生じるもの。俺たちの場合、地底湖周辺にある適度にレアなアイテムを持ち帰ればそれでいい。強力なモンスターの大半は湖の中におり、地上はそれほど強くない者ばかりと、事前にリサから情報を得ていた。

というわけで、俺たちはまったりとアイテム探しをさせてもらう。

店で一般《いっぱん》冒険者たちに売る物としてはそれくらいがベストだろうしな。

あとは、地底湖って珍《めずら》しいから観光したいっていうのもあるけど。

「わたくしたちはテントを張らなくてもいいんですの？」

「日帰りだからな。さて、じゃあそろそろ中へ行くか」

「はい！　どんなアイテムが手に入るか、楽しみです！」

「根こそぎいただくつもりで行きましょうか」

フラヴィアだけでなく、シェルニもレクシーもヤル気満々だ。

しかし、周りの殺伐《さつばつ》とした雰囲気《ふんいき》からすると、俺たちパーティーのテンションはめちゃくちゃ浮《う》いて見えるな。

ただ、実力は備わっている。

この場にいるどの冒険者パーティーよりも、俺たちは強い。

そう確信している。


岩壁《がんぺき》に設置されたランプの薄暗《うすぐら》い光が照らすダンジョン内を進み、地底湖を目指す俺たち。

道中、初めてダンジョンに潜るフラヴィアは忙《せわ》しなく首を動かしていた。

「ここがダンジョン……なるほど。書物にあった通りの場所ですわね」

「なら、イメージの違いで戸惑《とまど》うことはなかったか？」

「……いえ、どこからモンスターが飛び出してくるか分からないという緊張感《きんちょうかん》は、実際にこうして足を踏《ふ》み入れてみないと伝わらない物がありますわね」

興味深げに辺りを見回しているが、トラップなんかもあるので控《ひか》えるようにとレクシーが注意を促《うなが》した。

「トラップ……わたくしとしたことが、失念していましたわ」

「気をつけてよねぇ。ここはそこまで多い方じゃないけど、引っかかったら何かと厄介《やっかい》なものも多いから」

「そうですわね。以後、気をつけますわ」

そこまで生真面目《きまじめ》にならなくてもいいと思うが……って、あれ？　そういえばシェルニはどこへ行ったんだ？

「アルヴィン様ぁ！」

噂をすれば、シェルニの声だ。

一体何をして――

「うおっ⁉」

思わず叫《さけ》んでしまった。

なぜなら、こちらへ手を振るシェルニの背後には、二メートル近い超《ちょう》巨大キノコが生えていたからだ。おまけに……そいつは紫《むらさき》と緑のまだら模様……なんて毒々《どくどく》しいカラーリングだ。

「グシュルルル……」

ついには泣き出した――って、こいつモンスターか⁉

「こんなに大きなキノコ、持って帰れば食費が浮きますよ！」

「シェ、シェルニ⁉　それは絶対に食べちゃいけないヤツよ！　危険だからすぐにこっちへ戻《もど》ってきなさい！」

冒険者歴の長いレクシーは即座《そくざ》に危険性を察知し、離《はな》れるよう叫ぶ。

「モンスターのお出ましですわね」

一方、冷静に状況《じょうきょう》を分析《ぶんせき》したフラヴィアは詠唱《えいしょう》を開始。

「その大きな体……よく燃えるでしょうね」

フラヴィアは魔法《まほう》で生み出した炎《ほのお》を矢の形に変えて巨大キノコへと放つ。以前、俺が北区を牛耳《ぎゅうじ》っていた連中に氷の矢を浴びせたが、それの炎バージョンといったところか。

無数の矢はシェルニとレクシーを避《さ》けながらキノコモンスターへと一直線に飛んでいき、その巨《きょ》体《たい》を貫《つらぬ》く。同時に、モンスターの全身は勢いよく炎上《えんじょう》した。

「相変わらず凄《すご》いなぁ」

思わず感嘆《かんたん》の声が漏《も》れる。

北の森のゴブリンと戦っている時にも感じたことだが、魔法を放つ際の所作はまるでダンスでもしているかのように優雅《ゆうが》で見入ってしまう。

これが、魔法使《まほうつか》いの名家と言われたオーレンライト家の実力。

となると、同じく相当な力を持っているとされる御三家《ごさんけ》残りのふたつ――ハイゼルフォードとレイネスの令嬢も、かなり強いんだろうな。

「怪我《けが》はありませんか、シェルニさん」

「は、はい。ありがとうございます、フラヴィアさん」

「いいんですのよ。でも、ダンジョンは常に危険と隣《とな》り合《あ》わせ。実力があっても決して油断しないことですわ」

「は、はい！」

迂闊《うかつ》な行動で危《あや》うく怪我をするところだったシェルニは、華麗《かれい》な魔法で自身を救ってくれたフラヴィアへ憧憬《どうけい》の眼差しを送っていた。

初めて出会った時はあんなに怯《おび》えていたのになぁ……シェルニとフラヴィアの両方に当てはまることだが、人ってあそこまで変われるんだな。

「……ガナードはどう足掻《あが》いても変われそうにないけど」

「何か言いましたか、アルヴィンさん」

「いや、なんでないよ。さあ、先へ進もうか。地底湖はもうすぐだ」

巨大キノコモンスターとの戦闘《せんとう》で気づかなかったが、地底湖まであと少しと書かれた立て札があった。

再び歩きだしておよそ十分。

それまで狭《せま》かった通路が一気に開け、とうとう目的地である地底湖が姿を見せた。

「わあっ!」

「す、凄いわねぇ……」

「オーレンライト家の別荘《べっそう》があるステイル湖にも匹敵《ひってき》する広大さですわ……」

三人は茫然《ぼうぜん》とその場に立ち尽《つ》くす。

かくいう俺も、想像以上のスケールに一瞬《いっしゅん》思考が止まった。

こりゃ地底湖っていうよりも地底海って言った方がいいんじゃないかってくらいに広い。対岸とか全然見えないし。

「確かに、これだけ大きければ、湖底にとんでもないお宝アイテムが隠《かく》されていてもおかしくはないな」

噂だと、湖底には遺跡《いせき》のようなものがあって、そこにお宝があるらしいのだが、そこまで潜るには特殊《とくしゅ》な空間魔法を駆使《くし》し、水中で長時間の無酸素運動を可能にしなければならない。

できるヤツもそれなりにいるのだろうが、そんな高等魔法を扱《あつか》えるなら冒険者をやらずに王宮のお抱《かか》え魔法使いになった方が安全かつ確実に儲《もう》けられる。それもまた、このダンジョンの攻略難易度を上げている要因のひとつであった。

「でも、今日は湖底を調べるわけじゃないんでしょ？」

「ああ、そのつもり——だったけど、ちょっと心変わりしたかな」

これだけ広大な湖の底に眠るとされる財宝。

数多《あまた》の冒険者たちが挑《いど》むこの場所に、俺は大きな関心を持った。

「ですが、そうなるとかなりハイレベルな空間魔法を駆使しなければなりませんわよ？」

「それなら……こいつを使うよ」

俺はフラヴィアへ腰《こし》につけた魔剣《まけん》を見せる。

「なるほど。それでは、お手並み拝見といきましょうか」

口にはしないが、恐《おそ》らくフラヴィアも水中を自在に移動できる空間魔法を扱えるのだろう。それでもあえてこの場を俺に任せようとしたのは、言葉の通り、俺がどこまでやれるか試《ため》しているってわけね。

……ならば、その期待に応《こた》えようじゃないか。

「目的変更《へんこう》だ。地底湖の底に眠る遺跡で宝探しといこう」

「で、でも、どうやって潜るんですか？」

「安心しろ、シェルニ。こいつが問題をすべて解決してくれる」

俺は鞘《さや》から魔剣を取り出す。

「シェルニ、レクシー、ちょっとそこに並んで立ってくれないか？」

「えっ？」

「い、いいけど」

これから何をされるか分かっていないシェルニとレクシーは少し緊張《きんちょう》している様子。そんなふたりへ、俺は魔剣の刃先《はさき》を向け、剣全体へ魔力をまとわせる。やがて、剣は青色へと変化していった。

「《水剣》――アクア・ブレイド」

青くなった剣を振ると、小さな泡《あわ》が出現する。

これこそが、湖底散歩を可能にする魔法だ。

「詠唱せずにあそこまで複雑な魔法を繰《く》り出せるなんて……使いこなすことができれば、魔剣の力は書物で記されている以上にとんでもない代物《しろもの》のようですわね」

顎《あご》に手を添《そ》えて、何やらブツブツと呟《つぶや》いているフラヴィア。とりあえず、一旦《いったん》彼女は放置しておいて、今は魔法の効果をレクシーたちに体感してもらうとしよう。

「レクシー、その泡に触《さわ》ってみてくれ」

「う、うん」

ふわふわと浮かぶ泡にレクシーの指が触《ふ》れた途端《とたん》、パン、と音を立てて割れてしまう。

「ア、アルヴィン……？」

「大丈夫《だいじょうぶ》。それで問題ないよ」

「アルヴィンさんの言う通り、あれで成功していますわ」

俺が放った魔法の正体を知るフラヴィアがフォローを入れる。

「成功って……どうなったの？」

「湖に入ってみれば分かるよ」

「み、湖に⁉」

「平気ですわ。水中でも、地上と変わらず動き回れるはずですから」

フラヴィアの言葉に、レクシーとシェルニは顔を見合わせる。

そう。

俺が放った魔法は、水中での活動を可能とするものだ。

魔法の効果について詳《くわ》しく説明しても伝わらないだろうから、重要な部分を掻《か》い摘《つま》んでレクシーへと伝える。

「ふたりがそこまで言うなら……」

それを聞いたレクシーはゆっくりと湖の中へ。それからしばらく浮《ふ》上《じょう》せず、シェルニは心配でオロオロとしているが、俺とフラヴィアはそのまま待機。

さらに数分経《た》って、ようやくレクシーは水面から顔を出し、こちらへと元気に手を振った。その表情はとても晴れやかなものだった。

「すっごい！　水の中で普通に動けるし、体は濡れないし、それに全然苦しくない！」

まるで小さな子どものようにはしゃぐレクシー。

「最初にそう説明したんだけどなぁ。少し説明不足だったか」

「いえ、信じられないのは無理もない話ですわ。魔法に詳しくない人が効果を聞いても、そうすぐに信じられるものではありませんし」

「そうかもな。じゃあ、次はシェルニの番だ」

「は、はい！」

俺はさっきと同じ魔法をシェルニにもかける。

レクシーで効果が証明されていることもあって、泡に触れた後のシェルニは一切《いっさい》迷うことなく湖へと入っていった。

きっと、水中にいるふたりはめちゃくちゃはしゃいでいるんだろうなぁ。

「お見事ですわね、アルヴィンさん。水への抵抗《ていこう》をなくすあの魔法は、誰もが手軽に使えるレベルのものではありませんのに。あなたはそれをいとも簡単にやってしまうなんて」

「これも鍛錬《たんれん》の成果さ。それより、俺たちもふたりの後を追おう」

「えぇ」

ハイテンションになっているふたりをこのままにしておくと、俺たちを置いてどんどん進んでいってしまいそうだしな。

俺はフラヴィアと、そして自分自身にも魔法をかけて湖の中へと入っていった。

「あっ、やっと来た」

「アルヴィンさーん、フラヴィアさーん、こっちですよー」

大声で俺たちを呼ぶシェルニ。水中だというのに、声もバッチリ聞こえる。我ながらいい仕事をしたな。透明度《とうめいど》が高いから視界もいいし、まったく新しい世界って感じがする。地底湖の底は、想像以上にとても幻想《げんそう》的な空間だった。

それからしばらく、湖底散策を楽しんだ俺たち。

だが、もっとも深い部分に到達《とうたつ》した時、目の前にとうとう例の遺跡が姿を現した。

「ここが噂になっている遺跡か」

「地底湖の底に沈《しず》んでいるなんて、一体どういうことなんでしょう？」

シェルニが首を傾《かし》げながら言う。

「詳細《しょうさい》は不明だけど、元々はここに遺跡があって、ダンジョンや地底湖はその後にさまざまな自然条件が重なってできたと聞いたな。まあ、信憑性《しんぴょうせい》は高いと言えないけど」

あくまでもそこらの冒険者が酒屋で話している噂程度の話だが、シェルニの関心を強く引いたようで、ジッと遺跡を見つめていた。

「さて……それじゃあ、入ってみますか」

「あの先にお宝が待っているのね！」

「水棲モンスターもいるみたいですから、油断なりませんわ」

どこに何が潜んでいるか分からない。しかも、ここは地上ではなく水中だ。

今までのモンスターとはまったくタイプが異なるだろうし、フラヴィアの言う通り、決して油断をしてはならない。

気を引き締《し》めて進んでいると、遺跡の奥で何かが揺《ゆ》らめいているのが見えた。

「？　なんだ……？」

ハッキリと視認できないが……確実に「何か」がいる。

「みんな」

俺がそれだけ言うと、三人はすぐさま臨戦態勢へと移行。シェルニやレクシーなんて、さっきまでウキウキのピクニック気分って顔だったのに、すっかり戦う者の顔つきに変わっている。ふたりとも、すっかりプロだなぁ。

——なんて、浮かれたことを言っている場合じゃない。

揺らめきの正体はもっとも恐れていた水棲モンスターであった。

遺跡から姿を現したモンスターは超巨大な蛇《へび》だった。

体長は少なく見積もっても十メートルを超《こ》えている。

浮上しないところを見ると、深い場所でしか生息できないのかもしれない。そう考えたら、あいつはこの湖のヌシなのかもしれない。

海蛇《うみへび》ならぬ湖蛇ってわけか。

その巨大湖蛇は俺たちの存在を認識《にんしき》すると、口を大きく広げて襲《おそ》い掛《か》かって来た。このまま丸呑《まるの》みにしようって魂胆《こんたん》らしいが、そんな単純な手でやられる俺たちじゃない。

「《守護者の盾《たて》》――ハイ・シールド！」

俺たちをまとめて呑み込もうとした湖蛇は、シェルニが魔力で生み出した防御壁《ぼうぎょへき》によって弾《はじ》き飛ばされる。

バランスを崩《くず》し、近くにあった大岩に顔面から突《つ》っ込んで弱まったところに、レクシーが追撃《ついげき》の右ストレートを眉間《みけん》に叩《たた》き込んだ。

水中でありながらも地上と同様に動くふたり。これもまた魔剣から放たれた水魔法の効力。

「のんびり眺《なが》めていていいんですの？」

躍動《やくどう》するふたりの戦いぶりに感心していたら、フラヴィアがそんなことを言う。

「俺たちも、そろそろ行くか」

「ええ」

俺とフラヴィアは同時に魔力を錬成《れんせい》。

レクシーみたく、パンチやキックといった格闘《かくとう》戦ならそのままでも大丈夫だが、水中で扱える魔法には限りがある。炎や雷《かみなり》系の魔法は避けたいところだ。かといって、水系魔法を攻撃《こうげき》に転用しても効果は望めない。

「シェルニやレクシーに負けないくらい、派手に決めようか」

「そうですわね。どんな魔法にしましょうか？」

「うーん……じゃあ、風にするか」

「分かりましたわ」

作戦会議終了《しゅうりょう》。

俺は魔剣を、フラヴィアは愛用の杖《つえ》を、お互《たが》いに意識が朦朧《もうろう》としている湖蛇へと向ける。

「《風剣》――ストーム・ブレイド！」

「《風の矢》――ストーム・アロー！」

同じタイミングで放たれたふたつの風魔法は途《と》中《ちゅう》で混ざり合い、強力な渦《うず》巻《ま》きを発生させた。それに捕《つか》まった湖蛇はそのまま上《じょう》昇《しょう》していき、とうとう湖面から飛び出してダンジョンの天井《てんじょう》へと叩きつけられた。

「凄いです！」

シェルニは飛び跳《は》ねながら興奮している。

「うわぁ……アルヴィンひとりでも強力だっていうのに、フラヴィアまで加わるなんて……容赦《ようしゃ》ないなぁ」

一方、レクシーはドン引きしていた。

というか、あの右ストレートも相当だからな。湖蛇の額部分べっこりとへこんでいたし。

「さて、邪魔者《じゃまもの》もいなくなったようですし、遺跡の方で宝物探しといきましょうか」

「「はーい！」」

さっきまで、十メートル級の超巨大モンスターと戦っていたとは思えないくらいにいつも通りのテンションで話すフラヴィア。

それに対して元気に返事をするシェルニとレクシー。

……うん。

みんなたくましくなっているなぁ。


モンスターを蹴散《けち》らした後、俺たちは遺跡の内部へと入っていく。

すると、早速《さっそく》それらしいアイテムを発見。

「アルヴィン様！　この青白く発光する石はなんですか？」

「えっ？　――おおっ！　大発見だよ、シェルニ！」

シェルニが発見したのは発光石の一種。

通常の発光石は生活に欠かせない物として需要《じゅよう》は高いが、数自体豊富にあるので高額での取引が行われることはない。

それに比べてこの色付き発光石はインテリアとしての価値が高く、おまけに希少性も相まってかなりの高額で取引される。

「これ一本でうちの売り上げ三日分に相当するな」

「そ、そんなに高い物だったんですか⁉」

「凄いじゃない、シェルニ！」

「お手柄《てがら》ですわね」

レクシーとフラヴィアがシェルニの頭を撫《な》で回す。それを笑顔《えがお》で受けいれているシェルニ。そうやっていると、なんだかイヌみたいだな。

シェルニの活躍《かつやく》により、幸先《さいさき》のいいスタートを切った地底湖遺跡探索《たんさく》。

俺たちはワクワクしながら周囲を探し回ったのだが……その高すぎた期待はバッサリと裏切られる形となった。

「うーん……色付き発光石以外には、特にこれといって目立ったお宝は見つからなかったな」

「そうですわね。――でも、目の保養にはなりましたわ」

お宝は何も見つからなかったが、フラヴィアは満足そうだった。その言葉が示す通り、古代遺跡は随所《ずいしょ》に歴史を感じさせるものだった。

元々、歴史的建造物が好きだというフラヴィアにとって、ここに立っているだけで高額なお宝を眺めるより価値があると思っているようだ。

「しかしなぁ……明日店に並べる商品が足りないぞ、こりゃ」

「ネモさんから買い取ったらよろしいのでは？」

「彼《かれ》は今ダビンクにいないんだよ」

「じゃあ、今度は地上でお宝を探しましょう！」

「そうだね。せめて、商品として出せる物をいくつか持って帰らないと」

「だな。そうと決まったら、地上へ戻ろう」

楽しかった地底湖探索を打ち切り、俺たちは陸へ上がることにした。

「………」

「？　フラヴィア？　どうかしたのか？」

「あっ、い、いえ……あの、アルヴィンさん」

「うん？」

「この色付き発光石ですが……少し分けていただいてもよろしいですか？」

申し訳なさそうに尋ねてくるフラヴィア。

そんな彼女に、俺はあっさりと答える。

「もちろん。っと、そうだった。俺だけじゃなく、最初に見つけたシェルニにも聞いておかないとな。どうかな？」

「もちろんいいですよ！」

「ありがとうございます！　一生涯《いっしょうがい》大切にいたしますわ！」

「大袈裟《おおげさ》ね、フラヴィア」

レクシーが笑い、つられて俺とシェルニも笑いだす。その流れに乗って、とうとう言い出したフラヴィア自身まで笑ってしまう。

それにしても、お嬢様であるフラヴィアが発光石を欲《ほ》しがるなんてな。あれよりもずっと綺麗《きれい》で高価な宝石をたくさん持っていると思うのだが。

地上へと戻った俺たちが見たのは、天井にめり込んだまま落ちてこない巨大湖蛇の姿に騒然《そうぜん》となっている冒険者たちの姿であった。

……一応、周りに被害《ひがい》が出ないように確認《かくにん》してから放った風魔法だったが、思わぬところにその影響が出てしまった。ただ、その影響というのは何も悪いことではない。俺たちが湖から出てくると、取り囲むように冒険者たちが集まって来た。

何事かと身構えていると、そのうちのひとりが天井に突き刺《さ》さった湖蛇に長年悩《なや》まされ続けていることを教えてくれた。中には、ヤツを討伐するため、湖に潜ってそのまま戻って来なかったという者も少なくないという。

ただ、その脅威《きょうい》は俺たちの手によって粉砕《ふんさい》された。

これからは今までよりも安心して遺跡探索ができるだろうという。

遺跡には目ぼしい物はなかったと伝えようとしたが、どうも地底湖にある遺跡はひとつだけでなく複数あるようで、まだまだ調査が必要のようだ。

結局、集まって来た多くの冒険者たちへの応対で時間を取られてしまい、店に並べる商品をゲットすることは叶《かな》わなかったのである。

「しょうがない。明日を臨時休業にして出直すとしよう」

「それがいいわね。なんだか疲《つか》れちゃったし」

「私もです……」

夕陽に照らされる帰り道をぐったりと肩《かた》を落として歩く俺たち。だが、たったひとり――フラヴィアだけは違った。

とても満足げな表情で、本日唯一《ゆいいつ》の収穫《しゅうかく》品である色付き発光石を眺めている。

「随分と気に入ったみたいだな、それ」

「当然ですわ。わたくしにとっては初めての戦利品なのですから。どんな高価な宝石よりも価値がありますわ」

なるほどね。

御三家令嬢のフラヴィアが言うと凄く説得力があるよ。

「ねぇ、アルヴィン。今日はどこかで食べていかない？」

「外食か。いいね」

「でしたら、ギルド近くにあるウィンクスさんのお店にしましょう！」

「シェルニはあそこのオムライスが好きだからねぇ」

「あら、そうなんですの？　わたくしも一緒に行きたいですわ」

「いいのか？　普通の大衆食堂だぞ？」

「あんなにおいしい料理を作るシェルニさんの舌をうならせたオムライスとやらを是非《ぜひ》とも食べてみたくなりましたわ」

「わぁ……ウィンクスさん、凄いプレッシャー感じるだろうなぁ」

苦笑いを浮かべながら、レクシーが言う。

それからも、ダビンクに着くまでの間、俺たちの会話は途絶《とだ》えることなく続いたのだった。

◇◇◇

数日後。

「ごきげんよう！」

いつもの調子で店内へと入ってきたフラヴィア。その後ろにひとりの使用人を連れているが、彼の手には三つの小さな木箱があった。

「こんにちは、フラヴィアさん」

「今日はどうしたのよ」

「ダンジョンへは行かないぞ？」

「あら、それは残念ですわね。――ですが、わたくしが今日ここへ来たのは一緒に冒険《ぼうけん》するためではありませんわ」

「と、いうと？」

「これを届けに来たのですわ」

フラヴィアはそう言うと、パチンと指を鳴らす。

すると、後ろにいた使用人の男が手近にあったテーブルへ三つの木箱を並べた。

「わたくしからのささやかなプレゼントですわ」

「「「プレゼント？」」」

俺たちは顔を見合わせる。

あのフラヴィアからプレゼントとは。

緊張しながらその木箱を三人同時に開けた。

「わあっ！」

「綺麗……」

「ネックレスか。……うん？　もしかして、これは」

「お気づきになりましたか？」

やはり、そういうことか。

「えっ？　ど、どういうことなんですか、アルヴィン様」

「勿体《もったい》ぶらないで教えてよ！　このペンダントに何か秘密でもあるの？」

「こいつに使われているのは……あの地底湖の底で見つけた色付き発光石だ」

「「あっ！」」

俺の言葉を聞いて、ふたりも気づいたようだ。

「ペンダントに加工するとはね」

「あの石を見つけたみなさんと共有できるようにしたかったのですわ。男性であるアルヴィンさんにはあまり使う機会はないかもしれませんが」

「いや、大切にさせてもらうよ。ありがとう、フラヴィア」

「どういたしまして」

フラヴィアが笑顔を見せると、ちょうどふたりの客が入ってきた。共に屈強《くっきょう》な鋼の肉体に剣や斧《おの》で武装した冒険者であった。

「すまない。解毒効果のある薬草を探しているのだが」

「それでしたら、こちらがオススメですわ」

慣れた動作で冒険者たちに商品を勧《すす》めるフラヴィア。しょっちゅうアルヴィンの店に顔を出して手伝っているうちに、彼女はシェルニやレクシーと並ぶ店の看板娘《むすめ》になっていたのだ。

「相変わらず、呑み込みが早いな」

「私たちも負けていられません！」

「その通り！　よく言ったわ、シェルニ！」

対抗《たいこう》意識を燃やすシェルニとレクシー。これは思わぬ相乗効果が出たな。

って、俺も負けちゃいられない。

「さあ、もうひと仕事頑張りますか」

フラヴィア、シェルニ、レクシー……今まで気づかなかったが、彼女たちの存在は俺にも相乗効果をもたらしているようだ。

これからも今みたいな生活をしていきたい。

そう心に誓《ちか》って、俺は今日も仕事に精を出すのだった。

あとがき

この度《たび》は本作を手にとっていただき、ありがとうございます。

作者の鈴木竜一《すずきりゆういち》です。

本作は第2回ドラゴンノベルス新世代ファンタジー小説コンテストにおいて特別賞をいただいたわけですが、ここに到達《とうたつ》するまでの道のりが本当に長すぎて、未《いま》だに「これ夢なんじゃね？」と疑っております。もしそうなら、永遠に覚めないでもらいたいものです。

思い出すのは今から十年以上前。

当時はまだ小説投稿《とうこう》サイトなどはなく、作家になりたかった僕《ぼく》は某《ぼう》レーベルが主催《しゆさい》する新人を対象としたコンテストに応募《おうぼ》をしていました。当時は学園ラブコメが流行《はや》っていたので、それに合わせて自分も学園ラブコメで勝負したのですが……結果は一次選考すら突破《とっぱ》できず玉砕《ぎよくさい》。

そこから長い戦いが始まりました。

評価シートを参考にして自分の作品を見直し、来る日も来る日も執筆《しっぴっ》の日々。私生活でもいろいろあって、応募できない期間もありましたが、あきらめずに続け、気がつけば十年という時が流れていました。

幸いにも、受賞するよりも前に作家デビューはできましたが、それでも僕の心の中には「コンテストで受賞したい！」という強い気持ちがありました。

そんな事情もあって、本作が特別賞を受賞したという知らせを受けた時、過去に例がないほどのハイテンションで喜びました。デスクの角で肘《ひじ》を打ち、痛みに悶《もだ》え苦しみましたが、今となってはそれもいい思い出です。

というわけで、作者の十年を超《こ》える想《おも》いの詰《つ》まった本作ですが、お読みいただいた方が少しでも面白《おもしろ》いなと感じてくだされば、これに勝《まさ》る喜びはありません。アルヴィンとヒロインたちの冒険《ぼうけん》をこれからも応援《おうえん》してあげてください。

最後に謝辞を。

第2回ドラゴンノベルス新世代ファンタジー小説コンテストにたずさわったすべての方々、ありがとうございました。

担当の川﨑さん、武田さんには必要以上に苦労をかけたと思います。的確なアドバイスをありがとうございました。これからもよろしくお願いします。

イラストを担当してくださった匈歌《きょうか》ハトリさんにも頭が上がりません。すべてのキャラがストライクです。メインヒロインはもちろん、鈴木的にはリサがお気に入りです。ありがとうございました。

そして、最後にこの本を手に取ってくださったすべての読者に感謝を！

それでは、またお会いしましょう！